中國語言文字研究輯刊

三 編

許 錟 輝 主編

第 9 冊

漢字篆隸演變研究

李 淑 萍 著

花木蘭文化出版社

國家圖書館出版品預行編目資料

漢字篆隸演變研究／李淑萍 著 — 初版 — 新北市：花木蘭文
化出版社，2012〔民 101〕
目 2+142 面；21×29.7 公分
（中國語言文字研究輯刊　三編：第 9 冊）
ISBN：978-986-322-054-1（精裝）
1. 漢字　2. 篆書　3. 隸書
802.08　　　　　　　　　　　　　　　　　101015856

中國語言文字研究輯刊
三　編　　第九冊　　　　　ISBN：978-986-322-054-1

漢字篆隸演變研究

作　　者　李淑萍
主　　編　許錟輝
總 編 輯　杜潔祥
出　　版　花木蘭文化出版社
發 行 所　花木蘭文化出版社
發 行 人　高小娟
聯絡地址　新北市永和區中正路五九五號七樓之三
　　　　　電話：02-2923-1455／傳眞：02-2923-1452
網　　址　http://www.huamulan.tw 信箱 sut81518@gmil.com
印　　刷　普羅文化出版廣告事業
初　　版　2012 年 9 月
定　　價　三編 18 冊（精裝）新台幣 40,000 元

漢字篆隸演變研究

李淑萍　著

作者簡介

李淑萍，國立中央大學文學博士。現任中央大學中文系副教授。主要研究方向爲文字學、訓詁學、漢字文化研究、辭書編纂史略。著有專書《〈康熙字典〉研究論叢》、《〈康熙字典〉及其引用〈說文〉與歸部之探究》。單篇論文有〈論《龍龕手鑑》之部首及其影響〉、〈淺談王筠「古今字」觀念〉、〈論「形似」在漢字發展史上的意義與作用〉、〈論轉注字之成因及其形成先後〉、〈清儒古今字觀念之傳承與嬗變——以段玉裁、王筠、徐灝爲探討對象〉、〈段注《說文》「某行而某廢」之探討〉、〈南北朝文字俗寫現象之探究——從《顏氏家訓》反映當代文字俗寫現象〉……等篇。

提　要

　　隸書的出現是中國文字發展史上一個重要的轉捩點。文字的隸化，可謂結束了中國文字發展史上的古文字時期，使文字形體邁入定型的階段。清康熙年間項絪識《隸辨·序》云：「篆變而隸，隸變而眞，眞去篆已遠，而隸在其間。挽而上可以識篆所由來，引而下可以見眞所從出。」由於自篆變隸是我國文字演變之關鍵環節，探究篆隸演變的現象與規律，可以知悉漢字發展的總趨勢。是故，研究「篆隸之變」實爲我國文字學史上的重要課題。

　　本文撰述之目的在於將「隸變」實況作一全面性的探究，故本文討論範圍不僅以近世陸續出土的地下文獻資料——秦書漢簡作爲分析研究的對象，尚且包括秦、漢、魏晉南北朝以來遺留下來的碑刻文字，期使漢字發展史中「由篆至隸」的關鍵階段，能以清晰的面貌呈現在世人面前。全文中對篆隸演變的現象、類別與規律，作了一些更縝密的分析與探討，但這些探討是在綜合前人研究成果的基礎上進行的，由前人的研究成果進行比對歸納，徵之史料文獻，並辨其訛舛，補其未備，冀收「前修未密，後出轉精」之效。正因已有許多前輩在前面鋪路，方能使本論文作更深入、更全面性的探討。

　　文字形體由繁而簡是漢字演變的總趨勢，隸書的形成即是在此總趨勢下的成果，以求簡約便捷，易於書寫。隸書承繼古、籀、篆文發展而來，想要了解漢字演變的整體概念，就必須仔細探討篆隸演變的實況，以收由小觀大之效。分析由篆至隸變化的規律，有助於了解今文字的初形本義，綴合古、今文字的斷層，便於今人解讀古代典籍。隸書在今文字與古文字之間，著實扮演著溝通橋樑的重要角色。

目

次

第一章　導　論

壹、研究動機與目的

　　隸書的出現是中國文字發展史上一個重要的轉捩點。在標準隸書之前的
文字，如小篆、籀文、金文、甲骨文等〔註1〕，與今日通行的文字形體相去較
遠，不容易辨識，而隸化之後的文字，則與今日所使用的文字相近，甚至相
同，閱讀無礙；所以，中國文字形體發展到隸書，的確是一個重要的關鍵。文
字的隸化，可謂結束了中國文字發展史上的古文字時期，使文字形體邁入定型
的階段。清康熙年間項絪識《隸辨・序》嘗云：「篆變而隸，隸變而眞，眞去
篆已遠，而隸在其間。挽而上可以識篆所由來，引而下可以見眞所從出。」由
於自篆變隸是我國文字演變之關鍵環節，探究篆隸演變的現象與規律，可以知
悉漢字發展的總趨勢。職是之故，研究「篆隸之變」是我國文字學史上的重要
課題。

　　今人研究漢字隸變者多以近來出土之秦書漢簡爲主，如鄭惠美君撰《漢簡
文字的書法研究》（國立故宮博物院印行）、徐富昌君撰《漢簡文字研究》（政治
大學中文研究所碩士論文，1984年）、謝宗炯君撰《秦書隸變研究》（成功大學
歷史語言所碩士論文，1987年）、洪燕梅君撰《睡虎地秦簡文字研究》（政治大

─────────────

〔註 1〕所謂標準隸書，是指具備有「蠶頭、雁尾、逆入、平出、上挑」等筆勢特徵的書
　　　　體，例如「八分」書體即是標準隸書的典範。

學中文研究所碩士論文，1993 年）、黃靜吟君撰《秦簡隸變研究》（中正大學中文研究所碩士論文，1993 年）等等，又華學涑先生云：「求古今文字之蛻迹，必徵之於秦書。」﹝註2﹞秦代處於早期隸體形成之時代，正是篆文與標準隸書之過渡時期，也是古文與今文的分水嶺。以秦書、秦簡爲研究對象，可溯漢字隸變之初貌，其所言不差，惟隸書之起源不獨啓於秦，且秦、漢以降遺留下來的碑誌、彝銘文字，也是研究隸書的重要資料。故本文擬將統合所有關乎隸書之參考資料，逐一分析其變化情形，故以「漢字篆隸演變研究」爲題，希冀對篆隸演變能有一通盤了解，撰述之動機亦根源於此。全文論述或稱「中國文字」，或稱「我國文字」者，概以漢字爲研究範疇。

清儒康有爲嘗云：「文字之流變，皆因自然，非有人造之也。南北地隔而音殊，古今時隔則音也殊，蓋無時不變，無地不變，此天理然。當其時地相接，則轉變之漸可考焉。文字亦然。」﹝註3﹞時有古今，地有南北，語言會隨著時地不同而有所更易，文字既爲記錄語言之工具，自然也會隨之變化。我國幅員廣闊，歷史悠久，由於時間與空間的交錯影響，更加深了語言與漢字演變的複雜性。我國文字自古文、籀文、篆文之轉相演變，仍不離古文體系，直至隸書形成，在形體結構與筆勢運用上均大有變化，結束了漢字的古文階段，邁向隸楷的今文體系。由於篆隸變化甚劇，一般人好攻隸變之失，慨歎隸變之違反六書造字舊例，喪失先民制字之本恉。須知文字形變乃自然之理，若能掌握文字演變之規律，則字體變化雖繁亦能條理於胸臆，篆隸演變之理亦然。

本文撰作的目的，除了闡述我國文字演變的概況與趨勢外，且逐一分析「隸變」表現出來的各種情形與類別，歸納篆隸演變的原則，以統攝其紛雜萬變的現象，並嘗試探求「隸變」在漢字發展史上的地位與意義，以矯世人之偏見，給予「隸變」一個正面而應有的肯定。

貳、研究方法及內容

撰述之目的既在將「隸變」實況作一全面性的探究，故本文討論範圍不僅以近世陸續出土的地下文獻資料——秦書漢簡作爲分析研究的對象，尚且包括秦、漢、魏晉南北朝以來遺留下來的碑刻文字，期使漢字發展史中的「由篆至

﹝註2﹞詳見華學涑《秦書集存・敘》。

﹝註3﹞詳見康有爲《廣藝舟雙楫・分變第五》，頁 27～32。

隸」此一關鍵階段，能以更清晰的面貌，呈現在世人面前。筆者於正文中對篆隸演變的現象、類別與規律，作了一些更縝密的分析與探討，但這些探討是在綜合前人研究成果的基礎上進行的，由前人的研究成果進行比對歸納，徵之史料文獻，並辨其訛舛，補其未備，冀收「前修未密，後出轉精」之效。正因已有許多前輩在前面鋪路，方能使本論文再作更深入、更全面性的研究。

篆隸演變是漢字發展史上一個重要的流程，為求漢字演變之迹，故第二章以「漢字的嬗變與演進」為題，將文字形體演變分成三階段：由古文至籀文的改變、由籀文到篆文的改變、篆文與隸書的變化，舉例闡說字體變化之情形，以明文字演化之趨勢，期將漢字演變的過程作一個清晰的呈現。

由於隸書位處我國文字演變之關鍵位置，探究隸書之起源與形成時代，是中國文字學史上的重要課題。歷來學者對隸書之起源與形成時代的研究，有多種不同的說法，第三章寫作的目的，就是在釐清隸書的起源與形成年代，使文字源流得以傳承，並且進一步將隸書形成後之風格演變，作一簡單敘述。

第四章為全文之重心，下分「篆文與隸體之別」、「文字的隸定與隸變」、「隸變的幾種現象」、「隸變的類別」、「隸變的規律」等五節，其中前二節談論篆隸名稱及其關係、篆隸之別，以及由文字之隸定與隸變，來探討文字形變之因素；由於文字隸變的過程中有許多一分為二，或二合為一的情形，使文字產生一些混同的現象，此乃研究文字演變時不可不詳察之處，故第三節以「篆書尊古而隸書與古、籀文形體相違」、「篆文已變古而隸書猶存古、籀文形體」、「篆文各字而隸變易混為一字者」、「由相同的篆文形體隸變成多種不同形體」、「由不同篆文形體隸變成相同的形體」等五大項來觀察隸變的現象，並於第四節中整理出隸變的類別，計分成「損益」、「混同」、「譌變」與「轉易」等四類，各類之下又視其變化情形分項舉例加以說明。經由五大隸變現象的觀察，整理出四類隸變方式的種類之後，將藉由前兩節的分析，在第五節中歸納出「隸變的規律」。綜合前文對隸變現象的分析看來，書體筆勢、形體結構與文字運用是隸變規律的三大表現。本節即從「書體筆勢的變化」、「形體結構的變化」、「文字運用造成的隸變」三方面來作詳細的說明，並參酌諸家之說，作整合探究，歸納出一條理清晰之隸變規律，由此大致可以一窺漢字演變的情形。

文字隸變之後，對漢字的發展與演變產生了許多影響，第五章的內容即是針對隸變後所產生的問題，分成「造成文字說解歸部上的歧誤」、「導致異體字

的流行」、「造成學者解字的穿鑿附會，望形生訓」、「損及部首的功能」等四節加以敘述。其中第一節再分成「字形不可解說」、「喪失六書之旨」、「難以求知文字之本義」、「使文字無部可歸」等四方面，舉例加以說明，俾使突顯立說之由。

　　末章爲本文之結論。世人好攻隸變之失，認爲隸變破壞篆文結構，形成古籍識讀上的障礙，其所論當是，惟評斷失之偏頗。本文即談「隸變」對中國文字發展的作用，並舉下列三方面來肯定「隸變」的正面意義：

　　一、有助於今人探知字形發展之線索、體察漢字演變之軌跡。

　　二、文字走向定型，便於書寫與辨識。

　　三、對書法藝術有創新筆法、增加動態美的作用。

　　文字形體由繁而簡是漢字演變的總趨勢，隸書的形成即是在此總趨勢下的成果，以求簡約便捷，易於書寫。隸書承繼古、籀、篆文發展而來，想要了解漢字演變的整體概念，就必須仔細探討篆隸演變的實況，以收由小觀大之效。分析由篆至隸變化的規律，有助於了解今文字的初形本義，綴合古、今文字的斷層，便於今人解讀古代典籍。隸書在今文字與古文字之間，著實扮演著溝通橋樑的重要角色。

第二章　漢字的嬗變與演進

　　中國文字的起源很早，即使只從殷商時代的甲骨文算起，至今也有三千餘年的歷史了。在這段漫長的歲月裡，細數我國文字的演變，自甲骨文、金文、籀文、小篆及隸書以下，從文字的形體結構上，我們不難發現其間的確發生了不少的變化。文字是用來紀錄語言的，語言有生命，會隨時間、空間的差異而有所流變，文字要配合語言，自然也會隨著語言因應時空的不同而有所變異。

　　我國文字是由圖畫演變而來，從早期的象形文字，一直到後來的線條化符號，很明顯地可以看出，人們為了書寫的方便，不斷地降低文字的象形程度，而改以線條來取代。這是我國文字演化中最明顯的一種趨勢。今人許錟輝先生曾針對文字形體演變的這個問題撰文論說。他把我國文字演化的過程細分成「簡化」、「繁重」、「分化」、「類化」、「聲化」、「複合」、「反文」、「倒文」、「移位」、「美飾」、「反衍」、「迴環」、「孳乳」、「訛變」等十四種類型，將中國文字由殷商的早期古文，演進至西周的籀文、戰國的晚周古文，以及秦漢的小篆、隸書，其間字體結構變化的情形，予以分析歸納，並舉例加以說明〔註1〕，其說言簡意賅，頗為中肯，惟限於篇幅，未能擴大論述。

〔註1〕詳見許錟輝〈中國文字的演進（四）——秦漢時期〉，刊載於《國文天地》四卷一期，1988年6月。

　　我國早期文字具有明顯的不定型特質，諸如一字多體，筆畫多一點少一點無妨，文字正寫反寫、橫書側書無別，偏旁位置多寡不定，文字形體可說是相當混亂〔註2〕。這是因為早期文字源自圖畫，象形文字取其形似，常因所取角度不同，而有不同的圖象產生，加上文字並非一時、一地、一人之作，只要所寫的文字能被人接受，並且廣泛使用，縱使一字異體，也能同時被保存下來。這種情形在早期社會中是常見的，甲骨文、金文中就常有這樣的例子。因此，我國文字演化中另一個明顯的趨勢是，由不定型趨於定型〔註3〕。殷商文字異體滋多，變化滋劇，縱使是到了西周的金文，異體變化仍是層出不窮。西周宣王時，太史籀作《大篆》十五篇，是我國首次正定文字的工作，惜未盡頒行，即遭戰禍，未收推行之效。一直到秦漢時期的小篆、隸書，我國文字才算大致定型。總體看來，我國文字由不定型趨向於定型的過程中，所採用的方法，主要是由「簡化」、「繁化」與「訛變」三大途徑來進行的，這是中國文字形體演變的大致情形。本文將就文字形體演變的幾個重要時程，分段敘述如下：

壹、由古文到籀文的改變──古籀之變

　　「古文」一詞，內容甚為含糊，歷來對「古文」也有不同的定義。歸納諸家各種說法，「古文」大致可分成三大類：或以倉頡之後，西周宣王太史籀作《大篆》之前的文字，即籀文產生之前的文字稱為古文，又稱倉頡古文〔註4〕，係屬早期的古文。或以為戰國時代流行於東土國家的文字為古文，則屬晚周古文。還有一種則是把小篆之前的所有文字，即包括了甲骨文、金文、籀文及六國文字，皆總稱為古文，這是屬於廣義的古文〔註5〕。《說文解字》中所引的古文有兩類：一是早期古文，一是晚周古文〔註6〕，本節所使用的古文、籀文，則以《說

〔註2〕詳見李孝定《漢字的起源與演變論叢》，頁170～175。

〔註3〕同注2，頁77、179。

〔註4〕孔穎達謂：「自倉頡以至周宣，皆倉頡之體，未聞其異。」後人因此概視之曰倉頡古文。

〔註5〕今人許錟輝先生云：「所謂『古文』，實可分為三類：其一是指小篆以前的文字，其二是指籀文以前的文字，其三是指戰國末年流行於齊、魯一帶的文字。」其中第一類是屬於廣義的古文，第二類可稱為早期的古文，第三類稱為晚周古文。許氏此說見於〈中國文字的演進〉，刊載於《國文天地》三卷八期，頁57～61。

〔註6〕同注5。

文解字》所錄爲準。

　　《說文解字・敘》云：「及宣王大史籀，作大篆十五篇，與古文或異。」段玉裁注曰：「或之云者，不必盡異也，蓋多不改古文者矣。」可知籀文在字形上「與古文或異」，意即籀文大部分是沿用古文的字體，可說是從古文一脈相承而來，少數則因應時空加以整理，這是改動古文或新造文字的部分。籀文改動古文的方式，可以分成三方面來看，逐項舉例說明之。

　　一、省略部分形體，使之簡化。例如：

　　　　1. 廾部「兵」下，古文作，籀文作。

　　　　2. 𦉥部「𦉪」下，古文作，籀文作。

　　以上的例子可以看出古文到籀文的演變過程中，文字簡化的情形。

　　二、增加部分形體，使趨之繁複。例如：

　　　　1. 華部「棄」下，古文作，籀文作。

　　　　2. 晨部「農」下，古文作、，籀文作。

　　　　3. 箕部「箕」下，古文作、、等形，籀文作、。

　　　　4. 丌部「巽」下〔註7〕，古文作，籀文作。

　　　　5. 乃部「乃」下，古文作，籀文作。

　　　　6. 疒部「疾」下，古文作，籀文作。

　　　　7. 雨部「雷」下，古文作、，籀文閒有回作。

　　以上的例子可以看出古文到籀文的演變過程中，文字繁化的情形。

　　三、部分形體完全不同，例如：

　　　　1. 上部「旁」下，古文作、，籀文作。

　　　　2. 㕚部「商」下，古文作、，籀文作。

　　　　3. 聿部「肄」下，古文作，籀文作。

　　　　4. 馬部「馬」下，古文作，籀文作。段玉裁注曰：「古文作影，籀文作影，是古文从吊加髦，籀文从多加髦。」知古、籀所從之形體不同。

　　以上的例子是古文到籀文的演變過程中，文字訛變的情形。

〔註 7〕 𢁣，許慎作「篆文巽」，段玉裁注曰：「竊疑此篆字當作籀字之誤也，古文下从幵，幵亦具意也。籀文繁重，則从𢀱从幵而又从丌，古文四聲韻作巽，蓋不誤。」

早期文字產生之後，異體紛雜，大史籀作《大篆》十五篇，釐訂結體，增益點畫，因之使籀文筆畫繁重，結體方正，其目的就在正定文字，欲收整齊畫一之功效〔註8〕。大體上來說，由古文到籀文的變化並不算太大，往往只是筆畫上的繁省與整齊化，有時甚至有同體重覆的情形發生。這是古籀之變的大致情形。

貳、由籀文到小篆的改變——籀篆之變

《說文解字·敘》云：「秦始皇帝初兼天下，丞相李斯乃奏同之，罷其不與秦文合者，斯作倉頡篇，中車府令趙高作爰歷篇，太史令胡毋敬作博學篇，皆取史籀大篆或頗省改，所謂小篆者也。」段玉裁注曰：「云取史籀大篆或頗省改者，言史籀大篆則古文在其中，大篆既或改古文，小篆復或改古文大篆；或云之者，不盡省改也，不改者多。則許所列小篆固皆古文大篆，其不云古文作某，籀文作某，古籀同小篆也；其既出小篆，又云古文作某，籀文作某者，則所謂或頗省改也。」又說：「小篆因古籀而不變者多。」

由籀文再到小篆，其間的變化所謂「皆取史籀大篆或頗省改」，就文字系統來看，籀、篆二體仍然是相承的。許、段二氏對古籀篆沿襲漸變的理論，是相當明確的。因此小篆並不一定全異於古文、籀文，如果有所改易，也不過是省或改而已。不過，這一階段的變化，相較於前期「古籀之變」來說，自然是要劇烈得多。由籀文到小篆的變化，本文簡稱爲「籀篆之變」。從《說文·敘》來看，小篆也是大半承襲古文、籀文而來，間有省改古文、籀文的部分。以下就省改古文、籀文的情形，以《說文解字》所錄，逐項舉例說明。

〔註8〕章太炎先生於《國學略說》「小學略說」云：「造字之後，經五帝三王之世，改易殊體，則文以寖多，字乃漸備。……自倉頡至史籀作大篆時，歷年二千。其間字體，必甚複雜。史籀所以作大篆者，欲收整齊劃一之功也。故爲之釐訂結體，增益點畫，以期不致淆亂。今觀籀文，筆劃繁重，結體方正。本作山旁者，重之而作屾旁。本作 旁者，重之而作 旁。較鐘鼎所著跱斜不整者，爲有別也。此史籀之苦心也。惜書成未盡頒行，即遇犬戎之禍。王畿之外，未收推行之效。故漢代發見之孔子壁中經，仍爲古文。魏初邯鄲淳亦以相傳之古文書三體石經。……至周代所遺之鐘鼎，無論屬西周或東周，亦大抵古文多而籀文少。此因周宣王初元至幽王十一年，相去僅五十餘年。史籀成書，僅行關中，未曾推行關外故也。」

一、省簡古文籀文，去其繁複，使之簡化者。例如：

1. 屮部「芔」下，籀文从三屮作【篆】，小篆省其繁作【篆】。
2. 艸部「折」下，籀文於二屮中有仌作【篆】，小篆省其繁作【篆】〔註9〕。
3. 癶部「登」下，籀文从収作【篆】，小篆省収作【篆】。
4. 是部「是」下，籀文从古文正作【篆】，小篆省其繁作【篆】。
5. 言部「譬」下，籀文从二龍不省作【篆】，小篆省其繁作【篆】。
6. 誩部「善」下，古籀从誩芊作【篆】，小篆省其繁作【篆】。
7. 辛部「童」下，籀文中之形體與竊中同从廿作【篆】，小篆省其繁作【篆】。
8. 鬲部「融」下，籀文从三虫作【篆】，小篆省其繁作【篆】。
9. 蟲部「蠹」下，古籀作【篆】，小篆省其繁作【篆】，即「原」也。

以上是小篆省簡古文、籀文的情形。

二、改易古文籀文，又可分成三方面來談：

（一）改變部分的形體，其改變的方式，大致是所從的偏旁不同，或作筆畫上的變動。如：

1. 口部「嘯」下，籀文从欠作【篆】，而小篆从口作【篆】〔註10〕，所從之偏旁不同。
2. 是部「韙」下，籀文从心作【篆】，小篆从是韋聲作【篆】，所從之偏旁不同。
3. 辵部「迹」下，籀文从束作【篆】，小篆从辵亦聲作【篆】，所從之偏旁（聲符）不同。
4. 辵部「诅」下，籀文从盧作【篆】，小篆从辵且聲作【篆】，所從之偏旁（聲符）不同。
5. 辵部「遲」下，籀文从屖作【篆】，小篆从辵犀聲作【篆】，所從之偏旁（聲符）不同。

〔註9〕小篆【篆】，乃漢人之舊；另有小篆【篆】从手，段注云：「此唐後人所妄增，……從手從斤，隸字也。」

〔註10〕口部「嘯」下，段玉裁注曰：「欠部重出歗字」，欠部「歗」下注曰：「口部以歗為籀文嘯矣，蓋小篆亦从欠作也。」

6. 華部「棄」下，籀文从㐬作 [字]，小篆从充作 [字]，所從之偏旁不同。

7. 革部「鞀」下，籀文从殸召作 [字]，小篆从革召聲作 [字]，所從偏旁有別。

8. 異部「戴」下，籀文作 [字]，小篆从異𢦏聲作 [字]，改易部分筆畫。

9. 聿部「肄」下，籀文作 [字]，小篆作 [字]，改易部分筆畫。

（二）附加某些形體，如加上形符、聲符者，有繁化的趨勢。例如：

1. 蓐部「薅」下，籀文作 [字]，小篆則加上一個形體「寸」作 [字]。

2. 釆部「審」下，籀文从宀釆作 [字]，小篆則變動偏旁从「番」作 [字]。

3. 言部「誕」下，籀文省正作 [字]，小篆則从言延聲作 [字]，比籀文多加一個形體「正」。

4. 爨部「爨」下，籀文省作 [字]，小篆上𦥑形象持甑，冖爲灶口，廾推林內火作 [字]，比籀文多加部分形體。

5. 肉部「臚」下，籀文作 [字]，今皮膚字即從籀文而來。小篆則加上一個形體「虍」，从肉盧聲作 [字]。

6. 箕部「箕」下，籀文作 [字]、[字]，小篆則加上一個形體「竹」，以表示器物的材質作 [字]。

7. 艸部「薇」下，籀文作 [字]，小篆則从不同的聲符作 [字]。

8. 止部「歸」下，籀文从止婦省作 [字]，爲一會意字。小篆則加上一個聲符「𠂤」，从止婦省𠂤聲作 [字]〔註11〕。

（三）古籀與篆文形體不同，例如：

1. 口部「嗌」下，籀文作 [字]，上象口，下象頸脈理之形，爲一合體象形字。小篆作 [字]，从口益聲，爲一形聲字，文字形體與籀文不同。

2. 言部「誖」下，籀文作 [字]，从二或，依位而結合。小篆作 [字]，文字形體與籀文不同。

3. 刀部「剐」下，籀文从刄各作 [字]，小篆从刀咢聲作 [字]，文字形體

〔註11〕此處依許君《說文》之釋形來立說。然「歸」字依魯實先先生之考訂，歸之構字乃從𠂤省追聲，所以示追來侵之敵也。凡追敵者必敵我皆歸舊地，則歸當以還師爲本義，引伸乃爲一切歸還之義。許氏之說非是。詳見《說文正補》。

與籀文不同。

4. 木部「藥」下，籀文形體繁複作 ，小篆更動偏旁從木豈聲作 ，文字形體與籀文不同。

5. 疒部「疾」下，古文作 廿，籀文從古文疾（廿）作 ，而小篆則從疒矢聲作 ，文字形體與古文、籀文不同。

6. 兒部「兜」下，籀文作 ，從廾上象冠冕之形，小篆作 ，從兒，象皮弁之會，文字形體與籀文不同。

7. 鬼部「魅」下，籀文作 ，從象省，從尾省聲，小篆從鬼彡作 ，彡謂鬼毛，或從未作魅〔註12〕，文字形體與籀文不同。

8. 馬部「馬」下，籀文從彡加髦作 ，小篆作 ，象馬頭髦尾四足之形，文字形體與籀文不同。

9. 馬部「駕」下，籀文作 ，從牛表示軛所以扼牛頸也，小篆從馬加聲作 ，言以車加於馬也，文字形體與籀文不同。

以上是由籀文到小篆文字形體改易的大致情形。

參、小篆與隸書的變化──篆隸之變

《說文解字・敘》云：「是時秦燒滅經書，滌除舊典，大發吏卒，興戍役，官獄職務繁，初有隸書，以趣約易，而古文由此絕矣！」段玉裁注曰：「藝文志曰：是時始造隸書矣，起於官獄多事，苟趨省易，施之於徒隸也。……按小篆既省改古文大篆，隸書又爲小篆之省，秦時二書兼行，而古文大篆遂不行。」〔註13〕許〈敘〉與《漢書・藝文志》都認爲隸書的出現是由於秦時「官獄職務繁」，於是有隸書解散了結體曲折的篆體，產生了快速簡易的字體。隸體的出現，可說是中國文字發展史上一個重要的轉捩點。秦時篆、隸二書並行，所謂「而古文由此絕矣」，係指在字形上一脈相承的情況自此打破。隸書由於字體簡易便捷，容易書寫，呈現出與傳統承襲下來的篆文迥然不同的風貌。到了漢代，便成爲當時文字的正體，普遍地流行起來。

〔註12〕鬼部「魅」下，段玉裁注曰：「按此篆今訛爲二，，古文也，，籀文也，與解語不相應，亦與彭部、立部不相應，今刪正。魅當是古文，則 爲籀文審矣。」

〔註13〕段玉裁此處言「秦時二書兼行」基本上是沒什麼疑問的，但言「隸書又爲小篆之省」一句，則有待商榷。此一問題留待下一章作進一步的討論。

　　部分學者探討隸書形成的原因時，認爲隸書的產生是由於當時用筆作主要的書寫工具的緣故。用筆寫字，比起早期用刀刻或是用根棍兒蘸漆寫字，是一項重大的進步。由於筆的普遍應用，對於中國文字的影響，是增加了書寫的速度。書寫速度既然增加，於是筆畫簡化與筆調的要求就越發加強，字體也就從此整個的改觀〔註 14〕。這是從書寫工具上來說的。若就從文字演進的自然現象來說，「苟趣約易」是一種很自然的趨勢。篆文詰詘難書，行筆不易，於是就很容易被簡率便捷的隸書所取代。

　　隸書與小篆在文字形體上有很大的差別。小篆相對於古文而言是較爲簡化，而且文字的筆畫漸漸固定、字形向左或向右大致確定、偏旁部首等字形可以分析並且不再任意變動位置，字形呈方塊狀，形體整齊畫一，所表現出來的書法體勢可用「圓寫彎曲、結構嚴謹、筆畫勻稱、遒麗典重」來形容〔註 15〕。至於隸書，其結構體一般而言，是扁方而規整的，有「蠶頭雁尾」之稱，中國文字發展至此，其字體結構已完全定形，筆畫、筆數也都已經固定。行筆時，向右下方的斜筆幾乎都有捺腳，捺腳往往略向上挑，形成上仰的捺腳式尾巴。先豎後橫的彎筆，收筆時多數上挑，而且幅度往往比較大。向左下方的斜筆（即撇），收筆時挑法」、「波勢」、「波磔」之語，這是圓轉的篆文所沒有的〔註16〕。它改變篆文圓轉的筆畫爲方折，截斷了筆畫，解散了篆體。有的簡化字形，合併偏旁，有的增加部分形體，發生了許多訛變，使文字與其造字之原形相去甚遠，甚至完全不同。因此，要想從隸書甚至楷書去探討文字的成因，往往是事倍功半，甚至會誤入歧途的。這也就是許愼作《說文解字》必取小篆爲準而不用當時通行的隸書的道理。

　　站在文字演變的立場上，我們把由小篆（或小篆以前的古籀）到隸書的演化過程，稱爲「篆隸之變」，或簡稱爲「隸變」。事實上「篆隸之變」的研究，也就是探討從傳統文字（古文字）的結構到新體文字（今文字）之間的變易情形。我們從目前所看到資料中可以發現，有些篆文結構原本不同的字形，到隸

〔註14〕詳見王初慶《中國文字結構析論》，第二章〈字形的起源及其變遷〉，頁 23～39。

〔註15〕詳見唐濤《中國歷代書體演變》，第四章〈秦代的文字統一，簡化及實用之演變〉，頁 33～40。

〔註16〕詳見裘錫圭《文字學概要》，第三章〈漢字的形成與發展〉，頁 029～054。

書中由於簡化或同化的緣故，往往混在一起而失其本形。也有一些篆文結構原本相同的偏旁，隸變以後卻分成了兩種寫法。這些都是篆隸演變過程中時見的情形，因爲當隸體把傳統文字的詘詰圓轉改易爲平直方折的時候，目的只在求簡省與字形結構的平衡對稱，往往就顧不到造字本身的形義，產生「強異爲同」、「化一作二」的情形了〔註17〕。

　　至於「篆隸之變」的各個詳細情形，留待第四章再作進一步的舉例與說明。

〔註17〕同注 14。

第三章　隸書的起源與發展

　　隸體的出現是我國文字發展史上一個重要的轉捩點。清康熙年間項絪識《隸辨・序》云：「篆變而隸，隸變而眞，眞去篆已遠，而隸在其間。挽而上可以識篆所由來，引而下可以見眞所從出。」在隸書之前的文字，如小篆、籀文、金文、甲骨文等，與今日通行的文字形體相去較遠，不容易辨識，而隸定之後的文字，則與今日所使用的文字相近，甚至相同，閱讀無礙，所以，中國文字形體發展到隸書，的確是一個重要的關鍵。文字的隸化，可謂結束了中國文字發展史上的古文字時期，使文字形體邁入定型的階段。由於隸書處於我國文字演變之關鍵位置，探究隸書之起源與形成時代，是我國文字學史上的重要課題。歷來學者對隸書之起源與形成時代的研究，有多種不同的說法，本章寫作的目的，就是要將隸書起源、形成與發展，作一個綜合的探究。

第一節　隸書的始祖

　　關於隸書的起源，歷來眾說紛紜，本節將各家討論隸書起源的論點分成「源自小篆」、「源自大篆」、「源自草篆」三方面，詳加說明如下：

壹、源自小篆

　　隸書是由小篆省改而來的論點，出現的最早，也是最傳統的一種說法。《說文解字・敘》云：「初有隸書，以趣約易，而古文由此絕矣！」段玉裁注云：「按

小篆既省改古文、大篆，隸書又爲小篆之省，秦時二書兼行，而古文大篆遂不行，故曰古文由此絕。」段玉裁於注文中明白指出「隸書又爲小篆之省」，故知段氏主張隸書應源自小篆。後魏江式《論書表》亦云：

> 隸書者，始皇時衙吏下邽程邈，附於小篆所作也。世人以邈徒隸，
> 即謂之隸書。〔註1〕

林尹先生在《文字學概說》中也說：「及由小篆一改而成隸書，六書的原則受到嚴重的破壞，許多字因此不能看出造字的道理來。」〔註2〕可知林氏仍從傳統說法，認爲隸書的始祖是小篆，隸書是省改小篆而來。

不過，近年來由於地下文物不斷出土，已經證明在秦始皇統一天下之前，早有隸體的使用，「隸書源自小篆」的說法顯然與事實不符，此說自然不攻而破。

貳、源自古籀大篆

相對於前一種起源說法，蔣善國則主張「隸書應源自大篆」，他在《漢字形體學》一書中，稱小篆乃「根據古文大篆的自然發展形成，在筆劃上加以勻圓整齊」〔註3〕，同時也清楚地提到：

> 古隸和小篆均出自大篆，在秦始皇以前古隸和小篆早已在社會上出
> 現了。程邈和李斯同時，他所見到的小篆，也就是李斯等正在整理
> 的小篆，同時李斯等也就見到程邈所正在整理的隸書，因而古隸跟
> 小篆彼此間的影響是不可避免的。我們看見古隸比小篆簡些，以爲
> 它完全出於小篆，把筆畫勻圓的小篆變成方正平直的古隸，其實古
> 隸的方整是由大篆逐漸而來的，是把過去各階段隨著實物曲線畫出
> 來的文字簡化爲方正平直，古隸的整理，是跟小篆同時進行的，因
> 而也是同時通行的。〔註4〕

蔣氏以爲在秦始皇統一天下之前，已有古隸的存在。「古隸也叫秦隸，是漢字從

〔註1〕詳見《法書要錄》卷二，〈後魏江式論書表〉，頁 38。取文淵閣《四庫全書》子部景本爲據。

〔註2〕詳見林尹《文字學概說》，頁 223。

〔註3〕詳見蔣善國《漢字形體學》，頁 158。

〔註4〕同注3，頁 169～170。

古文字變到今文字的過渡形式，因而它是古文字跟今文字之間的一種形式。普通把它叫作隸書。」而隸書與小篆都是出自大篆，程邈之整理隸書，應該是與李斯、趙高、胡毋敬等人整理小篆，同時進行而且相互流通的，不能說是隸書出自於小篆。

事實上，「隸書源自古籀大篆」這種說法在古代典籍中，也早有出現過，例如：蔡邕〈聖皇篇〉曰：

> 程邈刪古，立隸文。〔註5〕

張懷瓘《書斷》曰：

> 案隸書者，秦下邽人程邈所造也。邈字元岑，始爲衛縣獄吏，得罪始皇，幽繫雲陽獄中，覃思十年，益大小篆方圓，而爲隸書三千字奏之，始皇善之，用爲御吏。以奏事繁多，篆字難成，乃用隸字，以爲隸人佐書，故曰隸書。〔註6〕

徐鍇《說文解字校錄》曰：

> 王僧虔云：秦獄吏程貌善大篆，得皐繫雲陽獄，增減大篆，去其繁複，始皇善之，出爲御史，名其書曰隸書。班固云：謂施之於徒隸也。即今之隸書，而無點畫俯仰之勢。〔註7〕

羊欣〈采古來能書人名〉曰：

> 秦獄吏程邈，善大篆，得罪始皇，囚於雲陽獄，增減大篆體，去其繁複。始皇善之，出爲御史，名曰隸書。〔註8〕

以上諸書，皆言隸書是由隸吏程邈增減刪改古文篆字而來。程邈造隸之說雖未盡然正確，但各說已把隸書的始祖由秦時的小篆向前推至古文大篆了。今人李孝定則對隸書與小篆的起源，作了更清楚的說明。他說：

> 小篆是由當時已過時的正統派文字（史籀大篆）或頗省改而來；隸書則是出自春秋戰國以來民間流俗日用的文字，再由程邈將其簡俗

〔註 5〕此篇引自張懷瓘《書斷》上篇言「隸書」，《法書要錄》卷七，頁 11。

〔註 6〕詳見《法書要錄》卷七，〈張懷瓘書斷上〉，頁 11。

〔註 7〕引自《說文解字詁林正補合編·十五上·敘目》，冊十一，頁 913。

〔註 8〕詳見《法書要錄》卷一，〈宋羊欣采古來能書人名〉，頁 8。

別異的形體，加以整理收集，費時十年，正定隸書，奏請頒行。兩
者的形成，同出一源，不過一取正體，一取簡俗。小篆省改古籀大
篆者少，所保存文字構成規律較多；隸書苟趨約易，省改古籀大篆
者多，對文字構成規律破壞也最甚。〔註9〕

李氏認為隸書與小篆同源，均由古籀大篆「或頗省改」演化而來，只不過一取
官定的正體，一取民間通行的俗體；小篆省改得少，隸書省改得多罷了。他批
評段玉裁所謂「隸書又為小篆之省」是不可信的，因為程邈與李斯均是秦始皇
時候的人，即使先後也不會差太遠，況且隸書也是秦始皇時代頒行，實際上小
篆和隸書是同時並行的。再者，文字不可能出自一人之手所造，更不可能是省
改「同時並行」之小篆而成。

參、源自草篆

推翻「源自小篆」的說法，而說隸書來自通俗簡易的古籀大篆，尚不如說
「隸書起源於草篆」來得貼切。在近年來出土之地下文獻的證明下，主張隸書
起源於草率篆體，是比較中肯的一種說法。所謂「草篆」，就是「篆書的草率急
就的書寫體」〔註10〕。主張隸書源自草篆的論點，普遍受到學者的支持。因為
人們要求文字簡易便捷，是一種很自然的用字心態。所以，唐蘭先生說：

六國文字的日漸草率，正是隸書的先導。秦朝用小篆來統一文字，
但是民間的簡率的心理是不能革除的，他們捨棄了固有的文字（六
國各有的文字），而寫新朝的文字時，把很莊重的小篆，四平八穩的
結構打破了。這種通俗的、變了面目的、草率的寫法，最初只通行
於下層社會，統治階級因為因為他們是賤民，所以並不認為足以妨
礙文字的統一，而只用看不起的態度，把它們叫做「隸書」，徒隸的
書。〔註11〕

又說：

〔註 9〕詳見李孝定《漢字的起源與演變論叢》，頁 81。
〔註10〕吳白匋〈從出土秦簡帛書看秦漢早期隸書〉云：「草篆是篆書的草率急就的書寫
體。」該文刊載於《文物》雜誌，1978 年第二期，頁 48。
〔註11〕詳見唐蘭《中國文字學》，頁 165。

隸書在早期裡，只是簡捷的篆書，本沒有法則的，到了西漢末年逐漸整齊起來，並且有了波勢。

唐蘭雖未明白表示，隸書源自草篆，但文中所謂草率寫法、沒有法則的簡捷篆書，事實上就是指草篆。郭沫若於〈古代文字之辨證的發展〉中，又云：

> 隸書無疑是由草篆的演變。秦始皇時代，官書極爲浩繁。《史記·秦始皇本紀》言「天下事無大小皆決於上，上至以衡石量書」。石是一百二十斤，這是說秦始皇一天要親自過目一百二十斤竹木簡寫成的官文書。秦始皇的特出處，是他准許並獎勵寫草篆，這樣就使民間所通行的草篆登上了大雅之堂，而促進了由篆而隸的轉變。程邈或許是最初以草篆上呈文而得到獎勵的人，但決不是最初創造隸書的人；一種字體也決不是一個人一個時代所能創造出來的。〔註12〕

李堅持先生亦云：

> 隸書是由草篆演變而來，應現實社會需要而產生的。……隸書即由草篆演變，那麼它的筆劃與風格一定比較篆書要草率，方折散開，而圓轉勾連中的許多細節，也簡略不少。〔註13〕

又馬敘倫《說文解字六書疏證》曰：

> 此類書出自諸隸之手，猶今日官府文書皆由書記作之也，故號曰隸書，而其實乃篆文之艸者耳。在當時止以獄戍事緐，不暇皆作篆文，故以比較簡易之書法作之。惟篆艸自古即有，金甲文中可證者極多。甲文「隹」字書法最緐，有不復侶鳥形者，即其艸者也。散氏盤、虢季子白盤亦皆篆之艸者也。至秦而定此爲官府隸人之書體耳。〔註14〕

郭、李、馬三氏論隸書之始祖，皆明言隸書起於草篆之演變。由於官事浩繁，爲求便捷簡易，故由典重規整的篆文，日趨草率求簡，形成「草率急就的書寫體——草篆」，隸書也就是由此形成的。今人裘錫圭〈從馬王堆一號漢墓「遣策」

〔註12〕詳見郭沫若〈古代文字之辨證的發展〉一文，該文原刊載於《考古學報》，1972年第一期，今收錄於《現代書法論文選》，華正書局出版，頁492～493。

〔註13〕詳見李堅持《中國文字與書法》，頁128。

〔註14〕詳見馬敘倫《說文解字六書疏證》，卷二十九，頁3761。

談關於古隸的一些問題〉中,對隸書由簡率的篆書演化而來,說明得相當明確,他說:

> 漢代古隸與秦篆中簡率的寫法有密切的關係,隸書是從戰國時代秦
> 國文字的簡率寫法的基礎上完成的。〔註15〕

何琳儀在《戰國文字通論》中亦云「秦隸」:

> 它是在草率秦篆基礎上進一步變革下的產物。秦隸最大的特點是,
> 把秦篆的圓轉筆畫分解為方折筆畫,並進一步線條化。這無疑是對
> 規範秦篆結構的一次大破壞。〔註16〕

　　裘氏主張隸書源自戰國時代秦國的俗體文字,其字形構造應屬秦系文字的系統。這裡所謂的「戰國時代秦國的俗體文字」,即「篆文俗體」,也就是指部分草率的篆文。他在書中明白指出隸書屬秦系文字的系統,而非承襲自六國文字。裘氏認為,雖然隸書中有一些字形不合於《說文解字》中的小篆,反倒合於春秋以前的古文字與某些六國文字,其主要原因是《說文解字》中一部分小篆的字形,與秦漢時代實際使用的篆文並不相同。例如:「戎」字,《說文》中小篆從戈從甲作「戎」,然西周金文作戎(大盂鼎)、戎(眉敖簋)等形,秦嶧山刻石作戎,睡虎地秦簡作戎,漢印文字作戎,以至於隸書、楷書,亦皆從「十」而不從「甲」,可見《說文》中有部分小篆的字形,確實與秦漢時代實際使用的篆文並不相同。所以他說:「我們不能因為隸書的有些字形跟《說文》裡有問題的篆形不合,就得出這些字形來自六國文字的結論。」不過,他雖然反對隸書一部分承襲六國文字的說法,但並不否定隸書所從出之篆文或篆文俗體,以至於隸書本身,曾受到六國文字的影響,因為「六國文字的影響,並不是一下子就完全消失的」〔註17〕。

　　裘氏言漢代古隸與秦篆之日漸簡率關係密切,並無不當。但他認為「隸書是從戰國時代秦國文字的簡率寫法的基礎上完成的」,則有待商榷,故何氏於書中明指「秦隸」是在草率秦篆基礎上進一步變革下的產物,而未泛言隸書也。

〔註15〕詳見裘錫圭〈從馬王堆一號漢墓「遣策」談關於古隸的一些問題〉一文,該文刊載於《考古學報》,1974 年第一期。

〔註16〕詳見何琳儀《戰國文字通論》,頁 166。

〔註17〕詳見裘錫圭《文字學概要》,頁 89～90、84。

在春秋戰國時代，文字之省變譌舛，日趨簡率，是東、西土共有的現象，不只是秦國文字如此。馬國權先生舉戰國時代楚竹簡上的文字為例，證明戰國文字中簡率的結體，的確深切地影響到古隸的形成，因此可以認定「戰國文字之於古隸，是不亞於小篆對古隸的影響的」〔註18〕。戰國時代各國文字的省簡趨勢，並不亞於西方的秦國文字。秦篆或秦文中之簡率寫法，固然存有許多古隸的成分，事實上，今日所見的晉國侯馬盟書、楚國竹簡與繒書中，也一樣存有許多和隸書相近的筆法和結構（附圖一）。故知隸書起源於所謂的「草率急就的書寫體——草篆」，並不只限於秦篆，也不限於戰國時代秦國文字之簡率者〔註19〕，而應泛指當時各國所使用簡率的書體。

第二節　隸書的形成

壹、形成的時代

　　討論隸書形成的時代，說法最早的是班固《漢書·藝文志》與許慎《說文解字·敘》，二者均把隸書出現的時代定位在秦始皇統一後的時期，然而隨著古代地下文物的陸續出土，隸書形成於秦代，由程邈所造的說法受到許多質疑。以下將各家對隸書之形成時代的說法綜合敘述如下：

一、主張隸書起於秦代

　　《漢書·藝文志》在「所謂秦篆」底下說：「是時始造隸書矣，起於官獄多事，苟趨省易，施之於徒隸也。」在《說文·敘》中也提到「是時秦燒滅經書，滌除舊典，大發吏卒，興成役官，獄職務繁，初有隸書，以趣約易，而古文由此絕矣！」於新莽六書中又云：「四曰左書，即秦隸書，秦始皇帝使下杜人程邈所作也。」〔註20〕可知東漢時期《漢書》及《說文》皆以為隸書之興，乃起於秦始皇之統一天下，由於官獄事繁，為求書寫便捷，因遣程邈作隸書。自東漢

〔註18〕詳見馬國權〈戰國楚竹簡文字略說〉，該文刊載於《古文字研究》，1980年第三輯，頁153。

〔註19〕詳見鄭惠美《漢簡文字的書法研究》，頁32。

〔註20〕《說文解字·敘》云：「四曰左書，即秦隸書」，下本無「秦始皇帝使下杜人程邈所作也」等字。而在「三曰篆書，即小篆」下有此十三字，段玉裁注云：「按此十三字當在下文『四曰左書，即秦隸書』之下」，今從段玉裁之說。

以降，多因襲《漢書》、《說文》之說，以隸書爲秦時下杜人程邈所造，主張隸書起於秦代。例如：

徐鍇《說文解字校錄》曰：

> 王僧虔云：秦獄吏程邈善大篆，得辠繫雲陽獄，增減大篆，去其繁複，始皇善之，出爲御史，名其書曰隸書。班固云：謂施之於徒隸也。即今之隸書，而無點畫俯仰之勢。〔註21〕

蔡邕〈聖皇篇〉曰：

> 程邈刪古，立隸文。〔註22〕

江式《論書表》亦云：

> 隸書者，始皇時衙吏下邽程邈，附於小篆所作也。世人以邈徒隸，即謂之隸書。〔註23〕

羊欣〈采古來能書人名〉曰：

> 秦獄吏程邈，善大篆，得罪始皇，囚於雲陽獄，增減大篆體，去其繁複。始皇善之，出爲御吏，名書曰隸書。〔註24〕

庾肩吾〈書品論〉曰：

> 隸體發源秦時隸人，下邽程邈所作，始皇見而重之，以奏事繁多，篆字難製，遂作此法，故曰隸書，今時正書是也。〔註25〕

張懷瓘《書斷》曰：

> 案隸書者，秦下邽人程邈所造也。邈字元岑，始爲衙縣獄吏，得罪始皇，幽繫雲陽獄中，覃思十年，益大小篆方圓，而爲隸書三千字奏之，始皇善之，用爲御吏。以奏事繁多，篆字難成，乃用隸字，以爲隸人佐書，故曰隸書。〔註26〕

〔註21〕引自《說文解字詁林正補合編・十五上・敘目》，冊十一，頁 913。

〔註22〕此篇引自張懷瓘《書斷》上篇言「隸書」，《法書要錄》卷七，頁 11。取文淵閣《四庫全書》子部景本爲據。

〔註23〕詳見《法書要錄》卷二，〈後魏江式論書表〉，頁 38。

〔註24〕詳見《法書要錄》卷一，〈宋羊欣采古來能書人名〉，頁 8。

〔註25〕詳見《法書要錄》卷二，〈梁庾肩吾書品論〉，頁 25。

〔註26〕詳見《法書要錄》卷七，〈張懷瓘書斷上〉，頁 11。

以上各種說法都繼承《漢書・藝文志》與《說文解字・敘》的說法，認爲隸書起於秦時，而且是由隸吏程邈所造。「程邈造隸」的說法，正如「倉頡作書」一樣不可信。李孝定先生曾經提到：

> 所謂程邈「造」隸書，也和倉頡「造」字之說一樣不合理，任何一種文字，決不可能由一人所造，隸書也是有其淵源所自的，既不可能由程邈一人，窮其繫獄十年之力，閉門造車式的造出一套文字，自然不可能是省改同時並行的小篆而成，它的產生，也是由於長久孕育，約定俗成的結果。〔註27〕

因爲一套文字的流行通用，乃使用者約定俗成自然產生，不可能出於一時一人一地的創造，必定有其長久的醞釀時期與發展背景。所以認爲隸書起於秦代，由隸吏程邈所造的說法是不合理的。以下我們要談的，是另一種起源更早的說法。

二、主張隸書起於秦統一之前

（一）西周時期就有隸書

北魏酈道元《水經・穀水注》云：

> 古隸之書，起於秦代，而篆字文繁，無會劇務，故用隸人之省。或云「即程邈於雲陽增損者，是言隸者，篆捷也。」孫暢之嘗見青州刺史傅弘仁說：「臨淄人發古冢得桐棺，前和外隱爲隸字，言『齊太公六世孫胡公之棺也』」惟三字是古，餘同今書，證知隸出自古，非始於秦。〔註28〕

根據《史記・齊太公世家》記載，齊太公是指周武王時期受封於齊營丘的呂尚（師尚父），其玄孫胡公爲齊哀公之弟靜（酈氏誤太公玄孫爲六世孫），時當夷王時期，而胡公戰死之時，正當周宣王在朝，仍處西周之世，若依酈氏所言，則早在西周時期就有隸書了。承續酈氏之說的，尚有丘光庭，其《兼明書》卷一亦云：

> 代人多以隸書始於秦時程邈者，明曰非也。隸書之興，興於周代，

〔註27〕詳見李孝定《漢字的起源與演變論叢》，頁80～81。

〔註28〕同注22。

> 何以知之？按左傳史趙算絳縣人年曰：亥有二首六身。士文伯曰：
> 然則二萬六千六百有六旬也。蓋以亥字之形，似布算之狀。按古文
> 亥作兀，全無其狀；雖春秋時文字體別，而言亥字有二首六身，則
> 是今之亥字，下其首之二畫，豎置身傍，亥作豖，此則二萬六千六
> 百之數也。據此亥文，則春秋之時有隸書矣。又酈善長水經注云：
> 臨淄人……餘同今書。此胡公又在春秋之前，即隸書興於周代明矣。
> 當時未全行，猶與古文相參，自秦程邈已來，乃廢古文全行隸體，
> 故程邈等擅其名，非創造也。〔註29〕

丘氏首言程邈造字之非，舉例推論隸書的興起並不晚於小篆，當在春秋時期就
有隸書的出現。繼之又承酈氏之說，言「此胡公又在春秋之前，即隸書興於周
代明矣」，把隸書形成的時代，往前推至西周時期。

　　然而，這樣的說法是備受質疑的。張懷瓘於《書斷》駁斥酈氏的說法，他
說：

> 案胡公者，齊哀公之弟靖、胡公也。五世六公，計一百餘年，當周
> 穆王時也。又兩百餘歲至宣王之朝，大篆出矣。又五百餘載至始皇
> 之世，小篆出焉，不應隸書而效小篆。然程邈所造，書籍共傳，酈
> 道元之說，未可憑也。〔註30〕

張懷瓘指出酈氏所引胡公典故，據時間推斷是不合常理的，故認定「酈道元之
說，未可憑也。」不過，張懷瓘推斷胡公處周穆王時期，與《史記》所載不符，
而且仍然相信程邈造字之說，此其誤也。《水經注》記載「隸出自古，非始於
秦」，並無不當，只是在時間的推斷上出了問題，唐蘭先生在這方面有著不同的
詮釋方法。

（二）春秋戰國時期

　　唐氏在《中國文字學》中除指出酈氏與張氏引述有關胡公典故，與史載不
符外，並就西周時期已有隸書的說法，駁之曰：

> 總之，如說西周已有較簡單的隸書，是可以的，然真正的隸書，是

〔註29〕引自黃靜吟《秦簡隸變研究》，國立中正大學中文研究所碩士論文，頁73。

〔註30〕同注22。

不可能的，春秋以後就漸漸接近，像春秋末年的陳尚（即《論語》的陳恆）陶釜，就頗有隸書的風格了。〔註31〕

唐氏嘗云：「六國文字的日漸草率，正是隸書的先導。」他認為隸書形成於戰國末年的草率篆書，但並不否認在春秋末年時期，隸書就可能已經發跡，故而將隸書的萌芽時期定在春秋時代。他在《古文字學導論》中也提到：

> 近古期文字，從商以後，構造的方法大致已定，但形式上還不斷地在演化，有的由簡單而繁複，有的由繁複而簡單。到周以後，形式漸趨整齊……春秋以後……這種現象尤其顯著，最後就形成了小篆。不過這只是表面上的演化，在當時的民眾所用的通俗文字，卻並不是整齊的，合法的，典型的，他們不需要這些，而只要率易簡便。這種風氣一盛，貴族們也沾上了，例如春秋末年的陳尚陶釜上刻銘，已頗草率，戰國時的六國系文字是不用說了，秦系文字雖整齊，但到了戈戟的刻銘上，也一樣地苟簡。陳尚釜的立字作企，很容易變成企，高都戈的都字作都，很容易變成都，這種通俗的、簡易的寫法，最後就形成了近代文字裡的分隸。〔註32〕

文字發展的過程中，常常是正體與草體並存的。正體是官定的字體，整齊而規整，但人們在運用時，為求書寫便捷，往往發展出草率簡易的書寫草體。隸書就是在這種追求簡捷的心理下所產生的。六國文字已有隸體的風格，是隸書之先河，李孝定與金恆祥先生都同意唐氏這種說法。〔註33〕

由近世出土的秦簡帛書來看，可以進一步證實隸書的使用，並不始於秦始皇統一天下之後。例如：1962 年於陝西發現的〈高奴大權〉中，其正面首行刻有「卅三年」等字，末行有「高奴」二字。郭沫若考證云：「權為秦昭三十三年

〔註31〕詳見唐蘭《中國文字學》，臺灣開明書店印行，頁164。

〔註32〕詳見唐蘭《古文字學導論》，頁122。

〔註33〕李孝定《漢字的起源與演變論叢》云：「他（指唐蘭）雖懷疑西周已有隸書，卻認為降及春秋戰國，文字漸趨苟簡，遂為隸書之先河，這說法是可信的，傳世楚繒書，其結構是六國古文一系，但在書法和形式上，已饒有分隸的意味，便可證明。」又金恆祥〈略述我國文字形體固定的經過〉云：「其實隸書的起源遠在小篆之前，六國的時候如鞅造方量銘刻及陳尚陶釜已有隸書的風格。」該文收錄於《金恆祥先生全集》，頁567。

所製，〈高奴〉的『奴』字左『女』旁爲隸書。……據此看來，隸書不是起於始皇統一後的程邈，而是開始於秦昭王時期。」他認爲「隸書前人以爲作於程邈，其實是一種傳說」〔註34〕。近人馬子雲又說此〈高奴權〉背面刻銘中前有「廿六年詔」與「高奴」等字，後又刻有「二世元年詔」，均爲方折書體，其中「高奴」之「奴」字左旁，也是隸書。據郭氏之文，權上的字最先是秦昭王時的鑄字，其方折的書體也應是當時所通用的。秦昭（襄）王製權後五十餘載（自西元前 282～西元前 221 年），始皇二十六年滅齊後統一天下，又在此權之後刻「廿六年詔」，亦是方折篆書。故知秦始皇統一天下後所用的方折篆書與隸書，應是承襲昭（襄）王時期的字體〔註35〕。又如：雲夢睡虎地秦簡〈爲吏之道〉之簡文中，載有「寡人弗欲」之語，稱寡人而不稱爲朕，因知此簡文是寫於秦始皇統一天下，立號爲皇帝，自稱爲朕之前〔註36〕。由以上舉例，證實秦隸不是秦始皇統一天下後爲程邈所造，而是秦昭襄王時期就已經存在的字體。也就是說，隸書在戰國時代末期就已經存在了。

今人何琳儀則又根據 1975 年在湖北雲夢睡虎地秦墓出土的秦簡，與 1979 年於四川青川郝家坪秦墓出土的木牘，考知隸書濫觴於戰國中期。何氏將隸書的時代又往前推進了一些。他說：

> 青川木牘與雲夢秦簡的發現，雄辯地證明：早在戰國晚期已出現了隸書，東漢人以爲秦始皇時「始造隸書」並不足爲訓。我們認爲，一種新字體的誕生，往往需要相當長的孕育時間。雲夢秦簡已是相當標準的秦隸，姑且不論。秦武王二年的青川木牘也是相當成熟的古隸，其上距隸書草創之時自應隔一段較長的時間。因此認爲隸書濫觴於戰國中期，並不算過份。〔註37〕

何氏在研究戰國秦系文字時，他認爲在戰國中晚期以後，諸如石鼓文、詛楚

〔註34〕詳見郭沫若〈古代文字之辨證的發展〉一文，該文原刊載於《考古學報》，1972 年第一期，今收錄於《現代書法論文選》，華正書局出版，頁 492～493。

〔註35〕詳見馬子雲〈秦代篆書與隸書淺說〉一文，該文刊載於《北平故宮博物院院刊》，1980 年第四期，頁 57。

〔註36〕詳見吳白匋〈秦代篆書與隸書淺說〉一文，該文刊載於《文物》雜誌，1978 年第二期。

〔註37〕詳見何琳儀《戰國文字通論》，頁 166～167。

文、虎符之類的標準秦篆並不多見，大多數的銅器銘文行筆方折簡易，與青川木牘、雲夢秦簡風格接近，應該算是秦隸的萌芽，所以他將隸書的起源定在戰國中期。此外，1987 年 1 月於湖北荊門包山二號楚墓出土之楚簡〔註38〕，其字數眾多，且墨跡清晰，經考訂歸爲戰國中、晚時期的遺物，其結體行筆，亦頗有古隸風格，是隸書起源於戰國中晚期之有力佐證。

　　綜合唐蘭等各個學者的說法，得知隸書肇興於春秋戰國時代草率約易的文字，而且隨著湖北雲夢睡虎地秦簡、四川青川木牘和甘肅天水秦簡等地下文獻的相繼出土，我們不僅見到大量秦隸，更看到秦武王時的隸書，這使我們更加確信戰國後期隸書已是很興盛了。因此主張隸書在春秋末年已逐漸萌芽，而正式形成於戰國時代中期，應該是最有根據的一種說法。

貳、隸書的作用

　　書體的名稱，常晚於字體的產生和流行。隸書雖然萌芽於春秋戰國時，但在當時的典籍或文物上均不見其名，最早記載「隸書」這個名稱的是班固的《漢書·藝文志》。一種新字體從產生到通行，常需要一段長時間的醞釀期。最初尚無定名，等到這種字體被廣泛使用之後，人們才爲這種字體定下一個名稱，因此「隸書」這名稱不見於春秋戰國時期，一直到東漢的《漢書·藝文志》才正式出現。

　　關於隸書之作用與名稱的由來，歷來有各種不同的討論，最傳統而且具有代表性的一種說法是班固《漢書·藝文志》中所說的「徒隸之書」，認爲隸書的用途在於處理官獄之事，施之於徒隸的一種書體。《漢書·藝文志》云：

　　　是時始造隸書矣，起於官獄多事，苟趨省易，施之於徒隸也。

其後許慎、蔡邕、羊欣、庾肩吾、衛恆、張懷瓘、徐鍇等人，也都認爲隸書是「起於官獄多事，施於徒隸之書」，不過從近年來出土的地下文物資料來看，隸書運用的範圍並不限於官獄之事。例如：雲夢睡虎地秦簡〈爲吏之道〉之簡文中有「告相邦」、「告將軍」之語，乃秦始皇告誡朝中大小官吏之辭；「秦律」

〔註38〕 包山楚簡於 1987 年 1 月出土於湖北荊門十里鋪鎮五場村包山崗地包山二號楚墓，其中帶字楚簡有二百七十八枚，總字數達一萬二千四百七十二字，不僅字數眾多且大部分皆有紀年，誠爲一批不可多得之楚國史料。詳見《包山楚簡文字編·緒言》，張光裕主編，袁國華合編，藝文印書館印行。

則是記載了國家公布之法令。又如馬王堆漢墓所發現的帛書中，有《易經》、《老子》、《五十二病方》等內容，均與官獄、徒隸無關〔註39〕。由此可知，隸書在當時已被運用於官方文書的記載或一般經典書籍的繕寫，而不限用於官獄、徒隸。

　　《說文解字》訓「隸」爲「附著也」，段玉裁注云：「周禮注：隸，給勞辱之役者。漢始置司隸，亦使將徒治道溝渠之役。後稍尊之，使主官府及近郊。左傳：人有十等，輿臣隸。按隸與僕義同，皆訓坿著，故從隶。」段氏注「隸」有僕役之義，故隸書引伸有施於徒隸之書的意思，這是就《漢書‧藝文志》的說法來解釋的。根據《說文》，「隸」的本義爲「附著」，且《後漢書‧馮岑賈列傳第七》講述馮異「及破邯鄲，乃更部分諸將，各有配隸」，注云：「隸，屬也」。就本義而言，隸書含有「附著」、「附屬」、「隸屬」的意思。因此，吳白匋先生據之推論「隸書是小篆的一種輔助字體」，而非「徒隸之書」，他說：

> 「隸」的含義究竟是什麼，我認爲可以用這個字的本義來作解釋。《說文解字》中解釋「隸」的意義是「附著」，《後漢書‧馮異傳》則訓爲「屬」，這一意義一直到今天還在使用，現代漢語中就有「隸屬」一詞。《晉書‧衛恆傳》、《說文解字‧敘》及段注，也都認爲隸書是「佐助篆所不逮」的。所以，隸書是小篆的一種輔助字體。小篆和隸書同樣都是官書，但由於書寫的難易，小篆實際上只使用於最隆重的場合，如記功刻石、權量詔版、發兵虎符之類，範圍較窄，而隸書則更普遍地被使用，及於一般的公私文件和書籍，範圍要廣泛得多。〔註40〕

吳氏由隸字之「附著」、「附屬」，衍申出「輔佐」、「輔助」之義。何琳儀則作了更詳細的說明，他說：

> 隸書雖然產生于戰國，但是產生之時並沒有名稱，大概秦統一之後才有與「篆書」相對應的「隸書」之名。班固、許愼等學者以爲隸書得名於「徒隸」，不過是東漢人對隸書來源的一種推測罷了，我們認爲隸書的「隸」與「徒隸」無關。雲夢秦簡雖然包括與「徒隸」

〔註39〕同注36。

〔註40〕同注36。

有關的法律篇章，但是也包括與「徒隸」無關的《編年記》、《日書》等篇章。我們認爲「隸」應與其本義「附著」（《說文》）有關。典籍或訓「屬」、「著」、「附屬」等，義本相因。因此「隸書」的「隸」應取義于對小篆而言的附屬字體。新莽之時稱秦隸爲「佐書」，「佐」有輔助之義。「佐助」和「附屬」詞義相涵。……所謂「六書」，兩兩相對：「古文」、「奇字」是六國文字，「繆篆」、「鳥蟲書」是美術字，「秦隸」乃「小篆」的附屬佐助字體，也是不言而喻的。衛恆《四體書勢》云：「篆字難成，即令隸人佐書曰隸字。」其中「隸人」未必是，但「佐書」則確與「隸字」有關。「隸書」的別稱「佐書」恰好透露出「隸」的蘊義。近人或把「隸」解釋爲「奴隸」，或解釋爲「獄吏」、「刑吏」，都未能跳出班、許的圈子；而與隸書產生的時代背景、用途及考古實物相齟齬。換言之，釋「隸」爲身份不如釋「隸」爲書體更合乎隸書的本義。〔註41〕

所以，關於隸書的定名，何氏下了一個結論：「隸書是簡易的手寫體，它的命名取義於篆書的『附屬』，與『獄吏』、『徒隸』無關。」就吳、何二氏的看法，印證於今日所見的地下文獻資料，相當貼切，並無不當。

然今人黃靜吟又反對吳、何二氏的說法，她認爲：

吳、何二位先生均認爲隸書不全用於徒隸之事，故應與徒隸無關，而以其字本義説解，並引佐書「佐助」之義來證明隸書對於小篆的從屬地位。然而此種說法仍頗值得商榷。因爲隸書的起源早於雲夢秦簡的年代，因此不能僅據秦簡、馬王堆帛書等來推論隸書必與「徒隸」無關。其次，若隸書眞起源於徒隸，其施用也不是必定限於與徒隸相關之事，隨著字體的流行推廣，其使用範圍必更將擴大，甚至取代正體書而成爲通行的字體。秦國雖制定小篆爲官方的規範字體，然小篆僅用於正式場合或典重的器物上，一般日常生活及文書檔案用的卻是民間流行的隸書。復次，雲夢睡虎地十一號墓的墓主喜生前是秦王朝的一個下級官吏，曾治理過獄訟，故陪葬的文書多爲法律篇章，其他如《編年記》、《語書》、《日書》等，雖

〔註41〕同注37，頁167～168。

非法律篇章，但或爲喜自記之年語，或爲喜平日喜讀而抄錄之文書，故使用當時通行的隸書來書寫，這也是很正常的事，不必非得與徒隸之事相關方可使用隸書。此外，吳、何二位先生又引隸書之別名「佐書」，認爲「佐書是佐助篆所不逮的」「佐有輔助之義，佐助和附屬詞義相涵」，進以證明隸書是小篆的附屬字體。然而此種說法也過於附會、取巧，因爲「佐書」的「佐」字可釋爲「佐助」「輔助」，卻不等於「附屬」，二者詞義並不等同，不需強將其並列，說其「詞義相涵」。由此可知，吳、何二位先生的推論並不正確。〔註42〕

筆者以爲黃氏所論，並未眞正了解吳、何二氏之說，且所辯未必眞確。蓋隸書之名起於東漢《漢書・藝文志》，班固、許愼等人或以秦漢時代所見隸書多半是用於獄訟之事，而謂「徒隸之書」也。然而東漢班、許所見隸書之運用情形，並不代表隸書之興起，是因獄訟而生。雲夢睡虎地秦簡之年代雖不及隸書的起源，但也代表了隸書早期的運用情形，何況隸書「施之於徒隸」之說也是晚至東漢才出現的，其時代與雲夢秦簡的時代相比較又晚了許多，且吳、何二氏只謂其命名取義於隸字的本義——「附屬」衍伸而來，並未否認秦漢時代隸書可能普遍運用在獄訟、徒隸之上，故何氏云：「釋『隸』爲身份不如釋『隸』爲書體更合乎隸書的本義」並無不妥，所以近人唐蘭很明確地認爲《漢書・藝文志》、《說文解字・敘》及衛恆《四體書勢》都說是由於官獄多事，纔建隸書，這是倒果爲因，實際是民間已通行的書體，官獄事繁，就不得不採用罷了〔註43〕。

第三節　隸體的演變與發展

壹、隸書的別名

「隸書」這一個名詞，在我國文字演變史上，自秦代至唐朝都曾出現過；不過，在不同的時代，名稱雖同，實際上則有不同的字體內容。由於其內容或

〔註42〕同注29，頁89～90。

〔註43〕同注31，頁165。

有變異，使人淆亂不清，於是清代翁方綱便提出了一個區分的方法。他說：

> 隸無定名，就其初改篆而言，則無波者謂之隸；就其再變而言，則
> 有波之八分亦可謂之隸；洎乎後來對八分而言，則楷書亦未嘗不可
> 謂之爲隸。隸者，徒隸佐隸之稱，取其簡易者爲名耳。八分可謂之
> 隸，而隸不得專目爲八分也。漢初所造之隸，初省去篆文之圓折，
> 則但以有直有橫者爲隸，此在今日，當目之曰古隸，或名之曰隸古
> 亦可。漢人有波之隸，則由隸漸增筆勢，其形象八字分布，故曰八
> 分。此其體之正變亦有多端，然自演至六朝唐人皆爲之，此在今日
> 當目之曰分隸，或逕直目之曰隸亦無不可。至於六朝唐人以後，改
> 分隸爲楷書，則變其波畫，加以點啄挑趯，仍存古隸之橫直焉，故
> 亦可以隸書名之；其實是楷書，或曰正書；若必以隸名，則名之曰
> 楷隸。此三者雖皆可以隸名，而大約稱漢隸則前曰古隸，後曰分
> 隸；於中古隸居三，分隸居七也。如晉唐以來之隸，則皆分隸而已
> 矣。〔註44〕

翁氏將各朝代出現的隸書異體，分成古隸、隸古、八分、分隸、漢隸及隸楷等
名稱，並且加以分析定義，使人易於畫分各個隸書別名的異同。其名稱雖有古
隸、隸古、八分、分隸、漢隸及隸楷之別，但實際上只有古隸、八分（分隸）
與楷隸三種，且其所謂的古隸，似乎只針對漢代省去篆文圓折、注重橫平豎直
的隸書而言〔註45〕。

　　大體說來，「隸書」，是秦、漢時代簡率通俗、佐篆所不逮之書體的統稱。
它在中國書法史上，雖然佔有一席之地，但其名稱與體式卻往往令人淆亂不
清，隸書歷經秦、漢、兩晉、南北朝、隋唐諸朝代，名稱雖相同，其實際內容
與定義則有所差異〔註46〕。曾有學者以時代來畫分其別名：在秦代的可稱爲秦

〔註44〕詳見翁方綱《兩漢金石記》卷二十，頁4。

〔註45〕王壯爲云：「翁氏沒有說出秦隸來，……前人沒有指出任何一件秦書爲隸體。但事
　　　　實上若干秦器上的字和西漢（甚至東漢）若干石刻及器銘，所作的字體都屬於這
　　　　一類型，都應當目之爲古隸。所以古隸應包括秦隸在內，而不應將古隸包括在漢
　　　　隸之中。」此說詳見王氏所撰〈隸分概述〉，該文刊載於《暢流》半月刊，第四十
　　　　卷第三期，頁23。

〔註46〕詳見鄭惠美《漢簡文字的書法研究》，國立故宮博物院印行，頁25～31。

隸或古隸，西漢的可稱爲漢隸，東漢的可稱爲分隸或八分〔註47〕，然而以時代來區分字體的不同，不符合文字發展演變的常態，在文字學上是不合理的。本節擬將秦、漢時代以降所出現之隸體別名，如秦隸、古隸、漢隸、八分、分書、分隸、隸字、隸文、左書、佐書、史書等等，舉要說明如下：

一、秦隸、古隸

「古隸」一詞，最早出現在北齊顏之推《顏氏家訓・書證》中。其書云：

> 開皇一年五月，長安民掘得秦時鐵稱權，旁有銅塗，鐫銘二所⋯⋯
> 其書兼爲古隸。

徐鍇《說文繫傳》則云：

> 程邈隸書，即今之隸書，而無點畫俯仰之勢，故曰古隸。

其後，元代吾丘衍《學古編・字源七辨》又云：

> 秦隸者，程邈以文牘繁多，難於用篆，因減小篆爲便用之法，故不
> 爲體勢⋯⋯便於佐隸，故曰隸書，即是秦權、秦量上刻字。

顏、吾二氏均提到秦代權量上的刻字，是與秦代石刻文字莊重圓轉之風格迥異的書體，稱爲古隸或秦隸。漢代正規的隸書有其特殊的書體風格，秦權量上的刻文雖簡率省易，且具有方折筆勢，然與正規漢隸畢竟有別，如同徐氏稱程邈時之隸書（即秦隸），爲「無點畫俯仰之勢」，故稱之爲「古隸」或「秦隸」。由於西漢早期的隸書，也與秦權量上的隸體一樣，尚無「點畫俯仰之勢」，字形豎長而且帶有篆文遺意，所以秦隸也應該包含了在眞正漢隸形成之前的漢代早期隸書，因此，稱它爲「古隸」是比較合理的〔註48〕。近年來秦簡的陸續出土，使得今人更能目睹大量成熟而且標準的古隸。

二、漢隸

西漢早期的隸書，篆文成分多，隸體成分少，乃承秦隸的發展，是屬於古隸的範圍。到了西漢中晚期，篆文的成分漸漸減少，隸體的成分加重，已逐漸發展出波勢，但並不顯露。裘錫圭先生把西漢武帝時代當作是隸書由不成熟發

〔註47〕此說採曹緯初〈篆隸摭談〉一文中之分法。該文刊載於國立中興大學《文史學報》第八期。

〔註48〕詳見裘錫圭《文字學概要》，頁98。

展到成熟的過渡時期〔註49〕，即是本文所謂「漢隸」的階段，筆者稱之爲「尙未完全成熟的隸書時期」。

　　有人直接把漢隸與八分兩種概念，混而爲一，筆者並不以爲然。因爲，在漢魏六朝隸書中波磔、挑法的筆勢運用程度，事實上還是有所差別的。西漢時期的隸書，仍屬於波磔的發展期，波勢、挑法的運用尙未大量出現。一直到西漢中晚期（宣帝時）及東漢初，字形多呈波勢，進入波磔的成熟期，行文逐漸飛揚流暢，才是完美的八分書體。這是漢隸與八分大致上的差異。

三、八分、分隸、分書

　　一個發展完成的隸書，應該具備有「蠶頭、雁尾、逆入、平出、上挑」的筆勢特徵，八分書體即是成熟隸書的代表。在西漢宣帝之際，乃隸書書體走向發展完成的關鍵年代。直至宣帝五鳳以降，隸書已經完全成熟。

　　東漢中期，隸書字體漸趨於方正，波勢與挑勢的筆勢特徵已經很規整，橫畫起筆頓促，末端略略上揚，整道筆畫略呈微波起伏之勢，向右下的斜筆幾乎都有捺腳，且尾端略往上挑，有「蠶頭」、「雁尾」之稱。此種刻意美化了而具有藝術性的特殊字體，即所謂「八分」。後來隸書又有「分隸」、「分書」之別名，就是由「八分」一詞衍生而來的。

　　綜合言之，古隸之字形較方，字體少有波磔，文字仍存有篆文意味。湖北雲夢睡虎地出土的竹簡文字，即是典型的古隸字體。其用筆以方筆居多，筆畫渾厚質樸，已逐漸注意橫筆與捺筆之筆勢的運用。它在整體的形構上雖仍保有篆意，筆畫改變的幅度也不如漢隸，但其筆勢已具有方折的趨向。雲夢睡虎地簡文的書體散發出特殊的篆、隸過渡風格〔註50〕。秦隸歷經秦末以迄於漢初，其字體已由「結體是隸，而筆畫帶篆」的階段，逐漸發展成爲具有波磔挑勢的隸書——「漢隸」。漢隸字形朝橫向發展，豎短橫寬，具有挑法、波勢、波磔等筆勢的運用，減少了更多的篆文意味，例如居延漢簡及敦煌、新疆等地出土的漢簡即是。這些漢簡大多屬於西漢武帝至東漢光武帝時期的遺物〔註51〕，文字

〔註49〕 同注48，頁97。

〔註50〕 詳見洪燕梅《睡虎地秦簡文字研究》，國立政治大學中文研究所碩士論文，1993年，頁198。

〔註51〕 同注46，頁7～10。

特點相當的明顯。

漢隸發展到後來，又有所謂的「八分」。八分是指東漢中期出現的新體隸書，字形方正，有規則的波勢，筆畫勻稱，完全脫離篆文意味。行筆時帶著波勢、挑法等裝飾性的筆法，向左右發展，無論在橫畫、長撇或捺筆的使用上，皆能收放自如，筆鋒飛揚，形成藝術性濃厚的八分書體。漢靈帝熹平四年（西元 175 年），蔡邕刻成石經，立於太學，於是八分這種隸體，便成了東漢晚期的標準書體。

四、左書

新莽時，隸書又名「佐書」。《說文解字序》云：「時有六書……四曰左書，即秦隸書。」衛恆《四體書勢》稱：「隸書者，篆之捷也。」且段玉裁於「四曰左書，即秦隸書」下，注云：「左書謂其法便捷，可以佐助篆所不逮」。以上均認為是隸書書寫簡便，「可以佐助篆所不逮」，釋「佐」為「佐助」義。

按漢代有「書佐」一職，原屬比較低級的書吏，掌管文書工作，任輔佐之職，所以「佐書」之名很可能即由「書佐」之官銜而來，與隸書為「附屬於篆文，為小篆之輔助書體」的情況相像。「書佐」之職，位居於低階、助理之席，又因隸書是書佐平日處理文書時所使用的書體，故又名「佐書」，意即「書佐之書」。

五、史書

《漢書》、《後漢書》中屢見「史書」一名，如《漢書‧元帝紀》贊曰：「元帝多材藝，善史書。」《後漢書‧皇后紀》之「和熹鄧皇后」記載：「六歲能史書，十二通詩、論語。」又「順烈梁皇后」記載：「少善女工，好史書，九歲能誦論語，治韓詩，大義略舉。」其餘如孝元帝孝成許皇后、王尊、嚴延年、楚王侍者馮嫽、後漢安帝、北海敬王睦……等人，皆稱其「善史書」或「能史書」〔註52〕。應劭注《漢書》謂史書為「周宣王太史籀所作大篆十五篇也」，後世注家多因襲之。關於此說，清儒錢大昕於《十駕齋養新錄》提出異議。他說：

　　蓋史書者，令史所習之書，猶言隸書也，善史書者謂能識字作隸書

_____

〔註52〕參見《漢書》、《後漢書》諸列傳所載。

耳，豈能盡通《史籍》十五篇乎……諸所稱善史書者，無過諸王后妃嬪侍之流，略知隸書已足成名，非真精通篆籀也。〔註53〕

錢氏認為漢代通行的字體是隸書，篆籀已成為古文字，並不流通，能習而識之者不多，而《漢書》、《後漢書》所載善史書者，多為「諸王后妃嬪侍之流」，所善應為當時通用的書體，而非篆籀等少見的古文。段玉裁注「及宣王大史籀」下也說：「或云善史書，或云能史書，皆謂便習隸書，適於時用，猶今之工楷書耳。」故知史書是指兩漢適於時用之隸書。因令史所習而得名，故名「史書」。

隸書又名史書，其得名之義，我們亦可以從「史」這一官職上著眼。「史」，此一官銜，在朝廷中階級不高，職在記載朝廷國家要政及皇帝日常起居等事，主掌文書工作，因此須多識文字，然則令史識字雖多，但所用文字仍以當代通行的字體為主，如漢代通行隸書，文書碑銘等則多用隸書，僅少數要求典重莊嚴的器物方使用篆文。由此，兩漢正史中所言之「史書」，則必當指漢代通行的隸書。

大體說來，「史書」與「佐書」均與「令史」、「書佐」的低微、佐助之身分有關，二者其實是與隸書同屬一種性質的書體，均是席處官書（篆書）之次的輔佐地位，所以隸書又有「史書」、「左書」之別稱。

以上是各類隸書異名產生之由，至於各個名稱定義、體式筆法及出現先後（尤其是隸書與八分之出現先後），歷來眾說紛紜，往往令人混淆不清，鄭惠美《漢簡文字的書法研究》一書中，首引顧藹吉《隸辨・隸八分考》，輔以近世出土漢簡為證，藉以考定隸與八分之名，末引元代吾丘衍《學古編・字源七辨》與清朝翁方綱《兩漢金石記》之論點，道出秦隸、漢隸與八分之不同。其書綜論前賢時彥之說，考辨甚詳，本文茲不贅述〔註54〕。

貳、隸書的發展與書體風格分期

關於漢代隸書的發展分期與書體風格的表現，日人田中有先生曾歸納漢隸發展的分期。他在〈漢簡隸書考——八分的完成〉一文中，以敦煌、居延所出

〔註53〕詳見《錢大昕讀書筆記廿九種・十駕齋養新錄》，臺北：鼎文書局印行。

〔註54〕同注46，頁25～31。

之漢簡為研究對象,將漢簡的書體分為「古隸」、「八分」、「草隸」、「章草」四大類,並且依時間先後,將各類之體式風格,畫分為五個時期:

第一期:武帝太初三年至昭帝始元年間。

　　　　古隸——八分之萌芽。

第二期:昭帝元鳳元年至宣帝神爵年間。

　　　　八分之古式樣成立。

第三期:宣帝五鳳元年至孺子嬰初始年間。

　　　　八分新式樣之發生及確立。

第四期:王莽始建國元年至淮陽王更始年間。

　　　　八分之爛熟,新式樣之完成。

第五期:東漢光武帝建武元年以後。

　　　　章草〔註55〕。

其次,鄭惠美《漢簡文字的書法研究》一書中,亦依據漢簡隸書波磔的使用,以年代次序的先後,分為三期:

第一期:波磔的萌芽期——為漢文帝、景帝至武帝元狩年間。

　　　　此期書蹟以漢墓出土之遣策為主。其書法仍沿續秦隸古典的風格,而筆畫已不再平整如一,波磔已產生,惟尚未大且出現。

第二期:波磔的發展期——屬漢武帝太始年間至宣帝神爵元年。

　　　　此期書蹟以居延、敦煌漢簡為主。此期書法,波磔洋溢,無論是強調橫筆、捺筆或撇筆的波勢挑筆,均跌宕不一,充滿律動美。此期波磔被大量地採用,卻尚未發展成型,故為波磔使用的發展期。

第三期:波磔的成熟期——屬宣帝神爵三年至淮陽王更始年間。

　　　　此期書蹟以居延、敦煌、武威漢簡為主。由此可知,八分書在西漢末年就已經發展完成,比漢碑書體約提前兩世紀出現〔註56〕。

〔註55〕詳見田中有《漢簡隸書考——八分的完成》,內野博士還曆東洋學論文集,1964年,頁355～356。本文此條引自徐富昌《漢簡文字研究》,國立政治大學中文研究所碩士論文,1984年。

〔註56〕同注46,頁37～38。

　　田中、鄭二氏均以出土之漢代遺策簡牘作爲研究對象，只談及漢代隸書的發展與演變，其歸類自有所局限，無法統觀所有古隸、漢隸與八分發展之實際情況，尤其是田中氏僅以敦煌、居延漢簡爲主，對西漢早期之古隸皆缺而未論，就對漢代隸書之發展而言，亦稍嫌闕憾。由雲夢睡虎地秦簡之書體來看，古隸的形成與波磔筆法的萌芽，早在秦代就已經出現，實不止於武帝太初三年，亦非止於西漢文景之際。

　　至於隸書之發展演變情形，本文將配合時代的推演與近代出土文獻所見之筆勢特徵，參酌田中氏與鄭氏之分期，作一個綜合性的分期，一窺隸書書體風格之發展演變概況。

一、古隸階段：由春秋戰國時期，歷經秦代，至西漢早期。

　　隸書自春秋戰國時期形成之後，逐漸脫離篆文的筆勢，經秦始皇時期，仍含篆文成分多，含隸書成分少。至於西漢文、景之際，其書體篆意雖存，而隸體風格已大備（附圖二），是爲「古隸」階段。

二、漢隸階段：漢武帝年間至宣帝神爵年間。

　　文景以降，隸體的發展漸趨成熟，波磔挑勢的運用日漸萌芽，然亦間有古隸遺意。武帝、昭帝年間，書體中波磔的使用，已脫離前期的萌芽階段，波磔的運用漸趨發展，即將進入大量使用的成熟期。此期即大約是鄭氏所謂「波磔的發展期」。然武昭年間（自太初至始元）的書體，猶帶古樸渾拙之態，昭帝元鳳至元平年間，其書體之波勢運用則較爲靈動流暢，已漸開「八分」體態。宣帝年間是隸體走向成熟的關鍵年代。本始年間的簡文，上承昭帝元鳳至元平隸體的發展，筆勢自然流暢而波磔洋溢，實盡脫篆意而幾近成熟。元康至神爵之書體，波磔筆勢的運用已能揮洒自如，可知隸書發展至此可說是成熟了（附圖三）。

三、八分階段：西漢宣帝神爵以降，以迄東漢時代。

　　宣帝神爵、五鳳以降的書體，即進入波磔的成熟期，波勢挑法極度發展，行筆時，字體向左右發展，無論在橫畫、長撇或捺筆的使用上，皆能收放自如，筆鋒飛揚，形成藝術性濃厚的八分書體。此時之書體已具備「蠶頭、雁尾、逆入、平出、上挑」的成熟隸書之筆勢特徵（附圖四），至此隸書已經完全成熟。靈帝熹平四年（西元 175 年），蔡邕刻成石經，立於太學，於是八分這種隸

體，便成了東漢晚期的標準書體。

　　隸書書體的演變，其筆勢特徵不斷地衍化而發展，由早期省變簡率的草篆，演變爲平正方直的古隸，再發展爲具有波磔、挑勢等書體藝術的漢隸、八分。漢字發展至此，方塊的形象已完全確立，我國字體的演變也隨之朝著「眞書」、「行書」、「楷書」的方向繼續發展了。

隸書發展分期簡圖

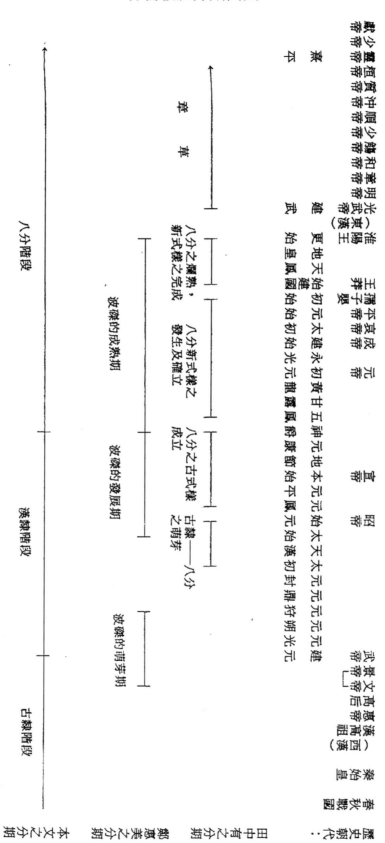

附圖一

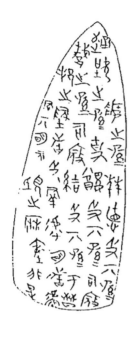

（侯馬盟書）

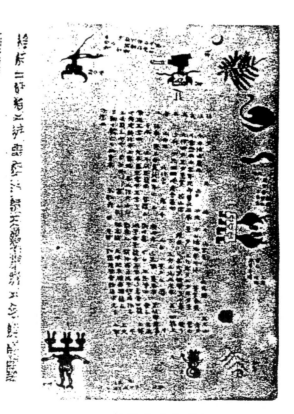

（楚簡）　　　　　　　　　　（楚帛書文字）

附圖二

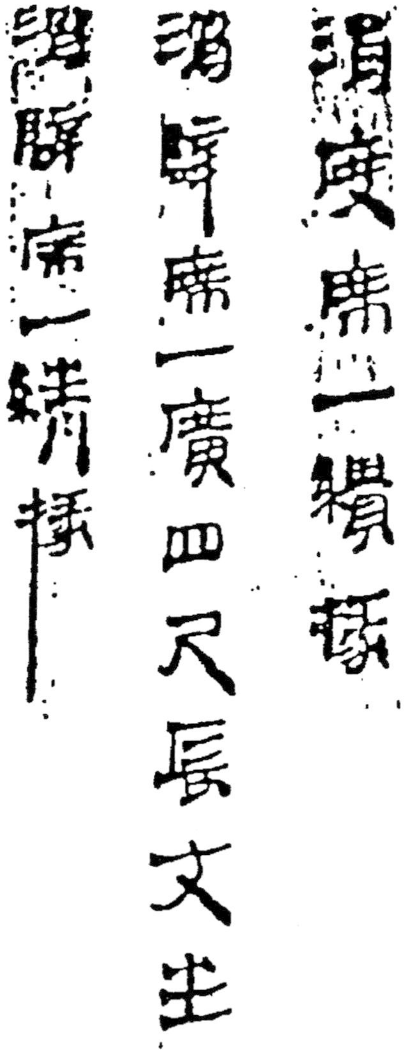

（馬王堆 1 號漢墓遣策） 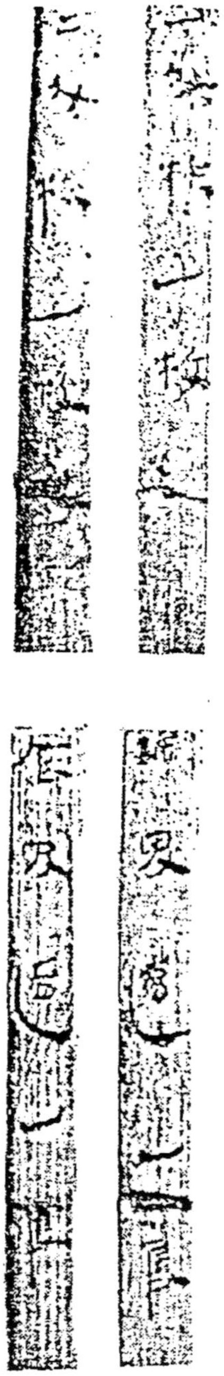　　　（鳳凰山 167 號遣策） 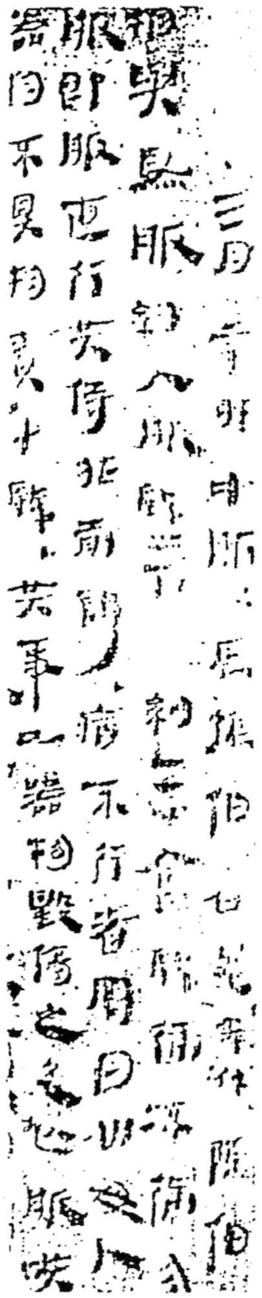　　　（鳳凰山 10 號墓木牘）

附圖三

（地節四年簡）

（元康元年簡）

（神爵元年簡）

（元康三年簡）

（大始元年簡）

諸圖採自徐祖蕃《漢簡書法選》暨鄭惠美《漢簡文
字的書法研究》

附圖四

（乙瑛碑）　　　　　　（西嶽華山碑）　　　　（初元五年簡）

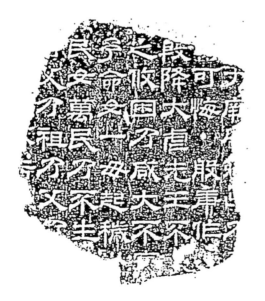

（熹平石經）　　　　　　（禮器碑）　　　　　（神爵三年簡）

第四章　篆隸之變

第一節　篆文與隸體之別

壹、篆隸名稱及其關係

　　各種字體的名稱，起源於秦代，《說文解字‧敘》云：「秦始皇帝初兼天下，丞相李斯乃奏同之，罷其不與秦文合者。斯作《倉頡篇》，中車府令趙高作《爰歷篇》，大史令胡毋敬作《博學篇》，皆取史籀大篆或頗省改，所謂小篆者也。是時秦燒滅經書，滌除舊典，大發吏卒，興戍役官，獄職務繁，初有隸書以趣約易，而古文由此絕矣。自爾秦書有八體：一曰大篆，二曰小篆，三曰刻符，四曰蟲書，五曰摹印，六曰署書，七曰殳書，八曰隸書。」「秦書八體」是指秦代流行的八種字體，而此八種字體實際上只有四大方面：「一是小篆以前的古體（大篆）；二是同文以後的正體（小篆）；三是新興的『以趨約易』的俗體（隸書）；四是其他不同用途的字體（組織結構仍是小篆類）。」〔註1〕

　　秦代的正體是小篆。所謂「篆」，《說文》云：「篆，引書也。」段玉裁注曰：「引筆而著於帛也。因之李斯所作曰篆書，而謂史籀所作曰大篆。既又謂篆書曰小篆，其字之本義爲引書，如彫刻圭璧曰瑑，周禮注：『五采畫轂約謂之夏

〔註 1〕詳見啓功〈關于古代字體的一些問題〉，該文刊載於《文物》雜誌，1962 年第六
　　　　期，頁 39。

篆』。」所謂「引筆而著於帛也」也就是持筆作書的意思〔註2〕。秦代遺留下來的詔版、鼎銘石刻文字，多為風格莊嚴典重的書體，其文字線條圓轉勻稱，與當時草率速成、以趨約易的隸書，顯然有別。當知篆書是官定的字體，頌功之刻石與官府中流通的文書，自然要採取這種官定的篆書，所以，郭沫若云：「施於徒隸的書謂之隸書，施於官掾的書便謂之篆書。篆者掾也，掾者官也。漢代官制，大抵沿襲秦制，內官有佐治之吏曰掾屬，外官有諸曹掾史，都是職司文書的下吏。故所謂篆書，其實就是掾書，就是官書」〔註3〕，而且裘錫圭也說：「『篆』與『瑑』同音，『瑑』是『雕刻為文』的意思，古代『篆』、『瑑』二字可以通用。」〔註4〕利用「瑑」來解釋「篆」，說明了篆書雕刻為文，銘之金石的用途。

至於隸書，《漢書‧藝文志》云：「起於獄官多事，苟趨省易，施之於徒隸也。」由於官獄事繁，故採用苟趨省易，通俗草率的字體，因施之徒隸，所以給這種字體一個卑稱，叫作「隸書」。又《說文解字‧敘》中言「新莽六書」時，云：「四曰左書，即秦隸書。」段玉裁注「及宣王大史籀」下云：「或云善史書，或云能史書，皆謂便習隸書。」可知，隸書又稱「左書」、「史書」。書佐，為漢代地位低微之官名，司助理之職。左書，即是佐書，如段玉裁云：「謂其法便捷，可以佐助篆所不逮。」又「史」在秦漢時代也是屬階級卑下的職官。故可知用於「書佐」與「史」的書與用於「徒隸」的書，是屬於同一性質，均是席處官書（篆書）之次的輔佐地位〔註5〕。

書體的名稱，常晚於字體的產生和流行。若就《漢書‧藝文志》的說法，「篆書」與「隸書」是以運用對象階級之尊卑來定義，而「小篆」之定名，乃與「大篆」相對而成。關於諸書體之對等關係，啟功嘗云：

> 具體地從字體上說，即是自秦定篆為標準體後，於是以篆為中心，
> 對於它所從出的古代字，便加一個尊稱的「大」字，稱之為「大篆」。
> 這正像祖之稱為「大父」，祖母之稱為「大母」。對於次于篆的新體

〔註2〕詳見蔣善國《漢字形體學》，頁13。
〔註3〕詳見郭沫若〈古代文字之辨證的發展〉，該文收錄於《現代書法論文選》，華正書局發行，頁492～493。
〔註4〕詳見裘錫圭《文字學概要》，頁84。
〔註5〕詳見本文第三章〈隸書的起源與發展〉。

字，爲它一個卑稱爲「隸」。在給篆所從出的古字加了「大」字之後，有時又回過頭來再給篆加一「小」字，已資區別和對稱。〔註6〕

由引文可見，啓氏推斷「大篆」、「小篆」、「隸書」諸名稱可能在秦代就已經有了，而且此時已有明顯的書體區別。此種說法與一般認爲諸書體的專門名稱起源於漢代，顯然有別〔註7〕；不過，無論書體專名起源於何時，我們可以確知的是，秦代對於篆、隸兩體，在實際運用與字體風格上，已有明顯的區隔。

貳、篆、隸之別

由篆文演變至隸書是漢字演變的一大轉折點。就篆文的書體而言，它承續了古文字的特色，繁複的字形，詰詘的結體，已逐漸無法適應社會生活的日趨繁雜。於是，一種趨向簡易速成、草率急就的字體便形成了，這種字體就是隸書。由此可知，篆文繁複難書，隸書簡約易寫，是兩者最初步的區別。關於篆、隸字體上的差別，郭沫若先生嘗云：

> 隸書與篆書的區別何在呢？在字的結構上，初期的隸書和小篆沒有多大的差別，只是用筆上有所不同。例如，變圓形爲方形，變弧線爲直線，這就是最大的區別。畫弧線沒有畫直線快，畫圓形沒有畫方形省。因爲要寫規整的篆書必須圓整周到，筆畫平均。……改弧線爲直線，一筆直下，速度加快是容易了解的。變圓形爲方形，表面上筆畫加多了，事實上速度加快了。〔註8〕

郭氏以早期的隸書（古隸，或稱秦隸）和篆文進行比較。古隸的開端，是由草篆演變而來。今日流傳傳下來的秦代度量衡與若干兵器上的刻文，是屬於比較潦草的，與莊嚴典重的刻石文字，顯然有別。這些權量、兵器上的文字，字體結構不變，只是筆畫不似刻石那般勻圓規整，而呈現硬方折的軌跡，這是古隸的開端。郭氏說明了篆文的筆勢須圓整周到，而隸書則變圓形爲方形，變弧線

〔註6〕同注1。

〔註7〕裘錫圭認爲秦代大概只有「篆」這種字名稱，「大篆」、「秦篆」、「小篆」等名稱應該是從漢代才開始使用的。詳見《文字學概要》，頁84。蔣善國於《漢字形體學》一書中，亦云：「東漢乃見『小篆』之稱，故《許敘》始標其名。」隸書作爲書體之名，最早也是見於東漢班固的《漢書·藝文志》。

〔註8〕同注3。

爲直線，加快了書寫的速度。由引文中可知，他對篆、隸之別，著眼於書寫效率的提高。

古隸猶存篆意，故郭氏僅作筆畫「變圓形爲方形，變弧線爲直線」的區別。劉師培先生所談的篆、隸之別，則以「遠於篆體」的漢隸來比較。他說：

> 蓋漢人之隸，端凝渾厚，略有波折，遠於篆體，近於眞書，蓋隸之視篆，體制不同，故義例亦異。篆體用圓，圓則曲直全缺，無往而不得其宜。隸體用方，方則不宜曲而宜直，不宜半而宜全。故篆之字有變爲隸而不復成形者，則假借以通之。假借之途既啓，于是悉破篆文謹嚴之例，而惟其所用。〔註9〕

劉氏於文中除了將篆體與漢隸做圓方曲直的比較外，更提到了隸變之後不成字的隸體，往往利用假借的方式來應用，此說已涉及文字運用所造成的字體演變，本文將在第五節「隸變的規律」中作進一步的舉例與說明。

郭、劉二氏均是由字體用筆的差異來說明篆、隸之別，但吳白匋先生則認爲由字體用筆的圓轉方折，不能當作篆隸最根本的區別，他說：

> 篆隸的區別何在？一般說，篆書用筆圓轉，隸書用筆方折，但這不是最根本的區別。最早的甲骨文字，由於是刀刻的，轉折是方的。西周早期金文，繼承甲骨文，轉折也是方的。……根本的區別在於字體結構的變化。〔註10〕

吳氏認爲篆隸根本的區別在於字體結構的變化，因此我們在判別某種字體爲篆書或隸書時，首先就要看看它是否出現有破壞篆書結構，失掉象形原意之處。這是由字體結構的角度來看篆、隸之別。

此外，從書體風格的角度來形容篆、隸之異，則別樹一格。西晉衛恆在《四體書勢》中描述篆、隸書勢的不同。對於篆文，他說：

> 龜文鍼裂，櫛比龍鱗，紆體放尾，長翅短身。……揚波振撇，鷹跱鳥震，延頸脅翼，勢欲凌雲。……縱者如懸，衡者如編。

至於隸書，則說：

〔註9〕詳見劉師培〈中國文學教科書〉，收錄於《劉申叔先生遺書》，華世書局出版。

〔註10〕詳見吳白匋〈從出土秦簡帛書看秦漢早期隸書〉，該文刊載於《文物》雜誌，1978年第二期，頁48。

> 煥若星陣，郁若布雲，其大徑尋，細不容髮。……或穹窿恢廓，或
> 櫛比鍼裂，或砥平絕直，或蜿蜒謬戾。……巑岩嵯峨，高下屬連，
> 似崇臺重宇，層雲冠山。

這是衛恆由書法的觀點來評論篆、隸之別，藉由日月星雲、草木山川、亭臺樓閣、飛禽走獸等物之氣勢來形容篆文與隸體之書勢。

　　以上是就各家對篆文與隸體的區別，作一個簡要的介紹。至於隸書對篆文字體的改造情形，則留待下面章節再詳細討論。

第二節　文字的隸定與隸變

壹、釋　名

　　古代文字具有不定型特質，往往同一字有多種不同寫法，偏旁位置不定、筆畫多寡不定、正寫反寫無別、橫書側書無別，而且事類相近之字在偏旁中多可通用〔註11〕，可塑性大，這種現象在甲、金文中相當顯著。到了戰國時代，由於政治、社會各方面的急遽轉變，所使用的文字形體也顯得分歧紊亂；秦始皇統一了文字，用小篆頒行天下，但小篆基本上仍保留了甲、金文圖畫式的特徵，文字的筆畫尚未固定下來。一直到隸書的產生，中國文字的發展至此纔算大致定型。這種從古代不定型文字到隸書定體的現象，簡稱為文字的「隸定」。在文字演變的過程中，字體形態或多或少會有所改變，文字在隸書定體過程中，有時會產生種種的變化，因此，又有「隸變」一詞的產生。

　　「隸變」一詞，最早是由宋朝郭忠恕所提出。他在《佩觿》中云：

> 衛夢之字是謂隸省（本作衛、夢）；前宵之字是謂隸加（本作歬、
> 宵）；詞朗之字是謂隸行（本作詞、朖）；寒無之字是謂隸變（本作
> 癳、灩）。

郭氏觀察隸書定體後文字表現出來的情形，作如上的結論。他的說法是就文字形體之增減損益及變化而分言之，立論雖有其根據，然就文字學的觀點來看，卻未盡然正確，且郭氏的說法僅僅談及結構上的改變，廣義的隸變，應該包括

〔註11〕說見李孝定〈中國文字的原始與演變〉，收錄於《漢字的起源與演變論叢》一書中，臺北：聯經文化事業公司出版，頁 172～175。

了形體結構上的改變及筆勢運用上的變化，前者是就文字形體而言，後者則是屬於書法的範疇；此外，還有一種隸變是由人們運用文字所造成的。郭氏所言之「隸省」、「隸加」、「隸行」，事實上都是屬於「廣義隸變」現象中的一種。

　　至於，隸定與隸變的分別，簡單一點來說，就是由篆文至隸書定體時，只是將曲線變為直線，改圓轉的筆畫為方折，把一些原先連接的筆畫截斷，並不改變文字的基本結構，也不破壞六書的造字原則，多按照小篆的形體來安排文字的筆畫位置，基本上從隸書字體中仍可看出篆文原貌，可察字體演變之軌跡者，稱之為「隸定」。例如：「木」作「木」、「干」作「干」、「爪」作「爪」、「我」作「我」、「去」作「去」。而在文字隸定過程中，如果字體產生了字形的簡化，合併偏旁，增加或減省某一部分形體，使文字之形體結構發生譌變，破壞六書的造字原則者，則稱之為「隸變」。例如：「年」作「年」、「乖」作「乖」、「乏」作「乏」、「載」作「載」。又如：襄字，襄（尹宙碑）為隸定，襄（衡方碑）為隸變，此即「隸定」與「隸變」分界之大要。下面將由文字形變的因素，逐步探討篆隸演變中，字體形變所表現出來的各種現象。

貳、文字形變的因素

　　文字是用來記錄語言的，它與語言同樣是屬於人類文化生活的一部分。隨著社會的變遷，語言的運用日趨複雜，文字也隨之產生種種變化。文字形變，由來已久，探討文字形體變化的原因，是研究漢字演變史的重點課題，也是研究中國文字學的重要任務之一。本文推究文字形體變化的原因，大致有以下四大項，茲說明論述如下：

一、字體演變的自然規律

　　在文字發源之初，其與圖畫之界限本難釐清，先民據物象而制成之圖繪形式，亦與一般文字具有相同的記事、表意功能，然終究與正式文字有別，故只能稱之為「文字畫」，而不得稱為文字。之後，先民為了書寫的方便，運用簡單平直的線條，來取代原來具象的圖繪形式，逐漸使用較抽象簡單的圖形，或比較曲折的象徵手法來表意，裘錫圭先生稱這種變化為「線條化」。故知，由象形變為不象形，是字體演變過程中最容易察覺到的變化〔註12〕。

────────────

〔註12〕詳見裘錫圭《文字學概要》，萬卷樓圖書公司發行，頁 41。

隸書的形成，把篆文中原本象形必須描繪的字符，變成由平直線條所構成較簡單的符號，不僅大幅提高了書寫的速度，也把漢字的發展由「表形文字」推向「表義文字」，於是文字中所使用的意符從以形符為主變為以義符為主，而且記號字與半記號字逐漸增加〔註13〕。

在字體演變的自然規律下，文字結構的演變由表形，繼而表義，並走向表音，將「圖繪性」較強的古文字逐漸規整化、平直化、線條化，變成「符號性」較強的今文字。由象形文字趨向由抽象線條組成的表義文字，是文字形變一個最基本的因素。

二、為了便於識讀、書寫和記錄語言

語言與文字是人類文化生活的一部分，語言可以用來傳達意念、思想與情感，而文字是用來記錄語言的工具，所以兩者都是人類用來交際溝通的工具。隨著社會的變遷與日漸複雜化，語言文字也隨之變化，以符合人類社會的需求。

文字為了便於識讀與書寫，要求形體簡略，所以有逐漸簡化的趨勢。文字為了記錄語言，要求音義明確，使人便於了解，而有繁化的趨勢。梁東漢先生指出，簡化與繁化是漢字發展過程中兩個必然的趨勢。他說：

> 結構和筆畫的簡化是為了書寫、記認的方便；書寫方法的簡化，即文字符號由表形、表意而表音的方法的簡化，是為了語言表達的精密化和科學化。繁化是為了記錄語言的需要，為了結構上的要求，有時是為了裝飾、美術的目的。簡化和繁化是矛盾的，但又是相反相成的。繁化主要是為了滿足記錄語言的需要，而簡化實際上也是為了更好地記錄語言。簡化和繁化是共存於一個矛盾統一體中的兩個對立面。沒有簡化就沒有繁化；沒有繁化，簡化也不能獨自生存。〔註14〕

簡化與繁化在漢字演變過程中，是貌似背道而馳的兩個發展方向。但兩者雖相

〔註13〕同注12，頁46。裘氏在探討「漢字發展過程中的主要變化」中，談到漢字結構上的變化，共有三點：一是形聲字的比重逐漸上升；二是所使用的意符從以形符為主變為以義符為主；三是記號字、半記號字逐漸增多。

〔註14〕詳見梁東漢《漢字的結構及其流變》，上海教育出版社發行，頁42。

反卻又相成，繁化是爲了滿足日漸複雜的社會需求，簡化則是爲了適應人類以趨約易的書寫心態，兩者都是文字發展過程中必要而不可避免的。因此，爲了便於識讀、書寫和記錄語言，而使文字形體產生簡化與繁化的現象，這也正是文字發生形變的因素之一。

三、受漢字行款之約束

我國文字的行款，原則上是以直行下書，由右向左行爲定式。甲骨文的行款比較自由，有左行，有右行，也有每行之字左右橫行之例，但那是適應卜兆的特殊寫法，當時一般的記事文字並非如此〔註15〕。由於文字是直行下書，在甲骨文時代，一些橫寫或形體細長的象形字，都已轉向豎起來直寫了。例如，許多動物在文字畫階段都是橫著寫的，但在甲骨文中爲了配合行款的要求，於是都豎起來直寫了。漢字演變受行款約束之發展情形，詳見本章附圖一〔註16〕。

古代文字常「隨體詰詘」，具有不定形特質，字形與行款都比較自由。但在傳世的銅器銘文中，我們可以看到兩周時代，文字的行款已非常整齊，而且文字的方塊形式在西周末年，可以說已經完全確定下來了〔註17〕。關於小篆與隸書兩者文字形體與行款的關係，梁東漢先生嘗指出：

> 到了小篆時代，每個字都寫成長方形，筆畫比較匀整，行款也比以前更整齊。小篆發展成爲隸書之後，字形又由長方變成扁平，一些在小篆裡寫起來很方便、很整齊的由上下兩部分組成的字，到了隸

〔註15〕詳見李孝定《漢字的起源與演變論叢》，書中引董作賓先生〈中國文字的起源（丁）文例的款式〉一文，及梁東漢《漢字的結構及其流變》中談論「行款對於結構的影響」，頁69～76。

〔註16〕附圖一引自王鳳陽《漢字學》，吉林文史出版社出版，頁904～907。

〔註17〕同注14，頁73。梁氏舉兩周時代的銅器銘文爲例，他說：「〈虢季子白盤〉的銘文一共八行，每行十三個字，每個字大小相等，距離也相等。也有一些銘文可以看出來是先在范上畫了方格再寫字的，例如，〈頌壺〉的銘文一共二十行，每行七個字，字體大小基本上整齊，只有少數突出在方格外面。〈小克鼎〉基本上一個方格一個字，也只有個別的字突出格子外，或者一個字占兩格甚至三格。〈宗婦鼎〉、〈宗婦殷〉、〈宗婦壺〉、〈宗婦盤〉都是每行五格，每格一個字。到了戰國時代，〈驫羌鐘〉的銘文每行八格，每格一個字，行款顯得更整齊。因此，我們可以這樣說，漢字的方塊形式在西周末年已經完全奠定下來了。」

書楷書裏都變成左右并列式。〔註18〕

由篆到隸，文字形體由長方變爲扁平，許多原本上下組合的篆文，就變成左右並列的隸楷字，以順應行款的要求；但也有原本左右並列的篆文，變成上下組合的隸楷字，或者變換字體部件的位置，以順應行款美觀整齊之要求。例如：

謨－𧮾→暮（楊統碑），由左右並列的篆文，變爲上下組合的隸體。

齋－𪗓→禱（桐柏廟碑），由內外組合的篆文，變爲左右並列的隸體。

鑑－鑑→鑒（華山廟碑），由左右並列的篆文，變爲上下組合的隸體。

晢－哲→晰（魏受禪表），由上下組合的篆文，變爲左右並列的隸體。

昉－昉→昮（華山廟碑），由左右並列的篆文，變爲上下組合的隸體。

幼－幻→幻（孔宙碑），由左右並列的篆文，變爲斜上斜下組合的隸體。

頌－頫→賓（馮君開道碑），由左右並列的篆文，變爲上下組合的隸體。

羣－羣→群羊（夏承碑），由上下組合的篆文，變爲左右並列的隸體。

在文字結構的組合中，不論是上下對稱、左右並列，或者內外配合等偏旁位置的安排，它的著眼點都是在於結體的整齊方正和行款的勻稱美觀。由於漢字行款的要求，也構成促使文字形體變化的因素之一。

四、顧及文字內部結構的平衡

書寫漢字時須掌握到文字結構的內部平衡律，把每一個筆畫安放在恰得其分的位置，如此才能把字寫得結構勻稱，整齊漂亮。漢字的結構雖然複雜，但它本身有它自己的一套內部規律。而這些規律往往就是影響它形體變化的因素之一。關於漢字結構的內部平衡律，梁東漢先生分成五大方面來討論〔註19〕。他指出：

（一）漢字既然採用方塊的形式，那麼，有些接近於圖畫的圖畫文字和象形字就必然要打破圖畫的結構去適應方塊的結構。

繪圖式的文字畫或象形字，往往隨物象形，對於筆畫的長短疏密與結構平衡的關係，並不講究。至西周末年，漢字的方塊形式形成後，才開始注意結構勻整的問題。例如「異」字，甲骨文作𢌿，金文作𢍰，其字體上半部筆畫較密，

〔註18〕同注14，頁74。

〔註19〕同注14，頁76～80。

下半部筆畫較疏，上下相當不平均，隸書改作異（曹全碑陰）、異（孔宙碑陰），上下兩部分平均後，便可符合方塊的形式。又如下面（附圖二）中「馬」與「爲」字的字體演變，也可看出古代象形字在適應漢字方塊形式時的變化情形〔註20〕。

　　（二）任何一個字，它的組成部分的結構的高度與寬度和筆畫的繁簡成正比例，筆畫繁複的，高度和寬度就大些。相反，高度和寬度就小些。

　　當一個字由上下或左右兩個部分組成時，如果其中一部分的筆畫較簡單，另一部分筆畫較繁複，那麼，較簡單的部分通常會占較小的面積，大約只占三分之一左右。倘若組成的兩部分，其筆畫的繁簡相當時，則大約各占一半的面積。例如「優」字，隸書作優（武榮碑），因右旁「憂」之筆畫遠多於「亻」，所以占了字體的大半面積。「豔」字，隸書作豔（祝睦後碑），構成豔字之「豐」與「盍」，其筆畫大致相當，所以各占一半的面積。

　　（三）一個字如果由三個相同的部分組成，那它必須采用品字形的重疊式。

　　字體由三個相同的部件組成時，必然要采用下二上一之品字形方式堆疊起來，才能使整個字顯得平衡穩定，例如麤、淼、鑫、森、轟、矗等字。因爲若采下一上二的堆疊方式，將會出現重心不穩，頭重腳輕的現象，如此一來，字體結構自然無法獲得平衡而穩定下來。

　　（四）筆畫的長短、疏密、粗細和部位受組成這個字的其他筆畫的制約。

　　甲骨文、金文等古文字在結構上與形式上比較自由，筆畫長短多少不拘，偏旁左右上下無定。但是到了小篆、隸書、楷書階段，文字逐漸定形，筆畫結構開始嚴密要求。書寫者必須一筆一畫規規矩矩地寫，每一筆畫都要與其他相關筆畫相互制約，很勻整地把每一個筆畫安排在一個方格子裏。爲了整體結構平衡的要求，我們可以知道，一個獨體字，當它作爲某一個字的一個組成部件（偏旁）時，它的筆畫就必須和另外一個組成部件（偏旁）的筆畫互相適應，受著結構平衡律的制約。例如：「水」字，隸書作水（景北海碑陰）或水（西狹頌），當它作爲某字的一個組成部件（偏旁）時，它的筆畫就必須和另外一個組成部件（偏旁）的筆畫互相制約，保持一定的比例。所以在字之右旁時，如

〔註20〕同注16。

「冰」作冰（繁楊令楊君碑陰），縮小原字之比例，大約只占全字三分之二；在字之左旁時，如「活」作活（魏上尊號奏），水字則隸變做「氵」，大約只佔全字三分之一的地位。若在文字之下或之內，亦有不同的筆畫安排，例如「漿」作漿（武梁祠堂畫象），「泰」作泰（韓勑碑陰）、泰（孔宙碑）、泰（魏元丕碑）等。

（五）一種字體有一種字體的平衡律，也就是說，普遍性中又有特殊性。例如，小篆的平衡律就不同於隸書楷書的平衡律。

之前所論述的四點是漢字結構的普遍平衡律，在整體文字的結構平衡律之外，漢字所屬的每一種字體中，又有屬於自己的平衡律。也就是說，小篆有小篆的平衡律，隸書有隸書的平衡律。小篆的字形體態是屬於比較長方的，到了隸書時，體態又變成趨向扁方，所以每一個字中的各個組件，必須依其所處位置來作大小比例的變化，務求整個字形能夠平衡勻整。例如「纍」字，小篆作纍，符合小篆長方的結構平衡律；到了隸書改作纍（周憬功勳銘），則是為了適應隸書扁方的結構平衡律。

漢字結構的內部平衡律已經牽涉到書法的問題，為了使漢字所屬的各種字體都能達到它們的內部平衡律，勢必要去改變文字的筆畫和結構，亦即要改變文字的形體以適應漢字的結構平衡律。由此可知，為了顧及文字內部結構的平衡，也是造成文字形體改變的因素之一。

「字體演變的自然規律」、「為了便於識讀、書寫和記錄語言」、「受漢字行款之約束」、「顧及文字內部結構的平衡」等四項是我國文字形體產生變化的內在因素，這些因素自古至今都客觀存在於整個漢字演變史中。也就是說，這些造成文字形變的因素，可以用來解釋漢字演變史中各個字體變化的原因。

語言與文字是屬於社會現象的一種，文字語言的發展和使用這種語言文字的人們之政治、經濟、科學、文化、技術等各方面的發展，息息相關，因此兩者都會隨著社會現象的變動而有所改變，與時俱遷。社會經濟的變革，文化的更新，政權的轉移，都有可能使文字、字體產生變化。例如：中國歷史上有過幾次正定整理文字的工作，就是以政治的力量來促使文字走向規範化。文字形體的改變，除了漢字演變的自然規律、便於識讀、行款美觀與內部結構的平衡等內在因素外，政治力量、社會制度、經濟文化的巨大變化，甚至書寫工具的改變、人為有意或無意的改造，都是造成文字形變的外在因素。

　　文字形變的最後目的，都是爲了要使文字更能適應日趨繁雜之社會生活的需要。以下各節將由隸變後表現出來的各種現象進行分析，整理出隸變方式的類別，並且歸納文字隸變的規律，將漢字隸變的情形做整合性的論述。

第三節　隸變的幾種現象

　　隸書形體由古、籀、篆體改易增減而變，其字形爲求美觀或書寫方便起見，已難求其初形本義，並失六書之旨。或今隸體同作某者，其古文未必盡同，或古文同作某形，而隸定改易爲異，此其大要。今詳察文字隸化之情形，有增筆，有減筆，有篆書一字而隸書分爲數字者，有篆書各字而隸變爲一字者〔註 21〕，有篆書尊古而隸書與古意相違者，有篆書已變古而隸書猶存古意者〔註 22〕，有由同一篆形而隸變成多種不同形體者，有由不同篆形而隸變成相同的形體者。由於文字隸變的過程中有許多一分爲二，或二合爲一的情形，使文字產生許多混同的現象，此乃研究文字演變時不可不詳察之處。許愼《說文解字》一書所載之古、籀、篆文形體，雖不能涵蓋先秦所有文字之字體，然爲了便於說解，本文所取之古、籀、篆文之形體仍以《說文解字》爲主，至於隸書形體，則以清朝顧藹吉《隸辨》所錄諸碑刻之隸字爲據，顧書未錄者則輔以其他隸書字典，今就隸變的各種現象依序分類舉證說明，期以尋流溯源，俾見其異同。

壹、篆文尊古而隸書與古、籀文形體相違

　　本節茲列舉隸變現象中「篆文尊古而隸書與古、籀文形體相違」者，計有七例。說明如下：

　　乖－篆文作𠕅，隸書作乖（郭仲奇碑）。段玉裁注云：「八部曰，八，分也。八隸作兆，乖从丫从兆，皆取分背之意。……𠕅隸从北，以兆與北形相近也。」古、籀、篆文乖皆从丫从兆，而隸變从北，與古、籀文形體相違。

〔註21〕說見胡秉虔〈篆隸之變〉，錄自《說文解字詁林正補合編》，鼎文書局出版，頁 1-1134〜1-1136。

〔註22〕說見呂思勉〈中國文字變遷考・論隸書八分正書〉，全文收錄於《文字學四種》一書中，藍燈文化事業公司出版，頁 129〜140。

世－小篆作 世，从卅而曳長之，謂三十年爲一世。卅，即三十，古文省多作卅，與契文同〔註 23〕。隸書作 丗（唐扶頌、耿勳碑）、丗（富春丞張君碑）。隸書與古、籀文形體相去甚遠。

肉－小篆作 肉，象胾肉連骸之形，與契文相近〔註 24〕。隸書作 宍（史晨後碑）。隸書與古、籀文形體相去甚遠。

嗣－小篆作 嗣，卜辭作 嗣（續存 1793），金文作 嗣（盂鼎），小篆尊古而隸變作 嗣（堯廟碑）、嗣（李翊碑）、嗣（郭輔碑），碑變與古、籀文形體相去甚遠。

奔－小篆作 奔，鐘鼎文作 奔（盂鼎）、奔（周公敦），而隸變作 奔（唐扶頌）、奔（北海相景君銘）、奔（桐柏廟碑）。隸書與古、籀文形體相去甚遠。

醫－小篆作 醫，籀文作 醫（古籀補補），而隸變爲 醫（衡方碑、楊淮碑），《隸辨》云：「說文醫從殹，碑變從臤，臤讀若鏗，與殹異。」隸書與古、籀文形體相違。

絫－小篆作 絫，絫，古累字，古書頻見絫字，隸變作 累（史晨奏銘）、累（夏承碑），累字通行後，絫字遂爲人所略。段玉裁注云：「絫之隸變作累，累行而絫廢，古書時見絫字，乃不識爲今之累字。」隸書與古、籀文形體相違。

　　漢字隸化時，常因形體相似而譌寫，或因書寫者隨意改變字形或文字結構，使得隸書形體與古籀篆文相去甚遠〔註 25〕，這樣的現象，造成吾人在歸納隸變原則與規律時的困擾，也使得隸變情形更加複雜化。

貳、篆文已變古而隸書猶存古、籀文形體

　　本節茲列舉隸變現象中「篆文已變古而隸書猶存古、籀文形體」者，計有十二例。說明如下：

〔註 23〕見李孝定《甲骨文字集釋》卷三，「卅」字，頁 0735。

〔註 24〕見李孝定《甲骨文字集釋》卷四，「肉」字，頁 1503。

〔註 25〕本文舉例僅就秦系文字一路研究下來，所以篆隸之間的演變似有斷層，事實上，現行隸書有許多是由戰國時代的六國文字沿襲下來。但六國「文字異形、語言異聲」，在簡化隸變規律的原則下，仍以秦系文字爲主。

明－篆文作，隸書作（夏承碑）。《說文》云：「古文从日」作，甲骨文或作（前 7.3.2.4），隸書作（夏承碑），猶存古文之形。

要－篆文作，象人自臼之形。隸書作（曹全碑）。古文作，要本「身中」之意，今多以爲要約、簡要字。知隸書字形與《說文》古文同。

謹案：各本「要」之篆文本作，从臼，下有交省聲三字，段注本依《玉篇》、《九經字樣》改爲。

棄－篆文作，隸書作（州輔碑、老子銘）。籀文作，段玉裁注云：「按字隸變作棄」，又云：「今字亦從𠫓不從㐬。」知隸書存籀文之形。

敢－篆文作，隸書作（史晨後碑）、（樊敏碑）。篆文从𠬪古聲，而籀文作。段玉裁注云：「今字作敢，𣪏之隸變」知今隸字作敢，乃由籀文隸變而來。

胗－篆文作，隸書作（史晨後碑）。《說文》云：「籀文胗从疒」作，今隸書從籀文作，存籀文之形。

箮－篆文作，隸書作（夏承碑）。《說文》云：「互，箮或省」，段玉裁注云：「或字當作古文二字。」可知古文當作互，今諸隸體并作互，存古文之形。

秋－小篆作，籀文秋不省作，隸書作（楊著碑）。《隸辨》云：「類篇秋古作龝。」隸體存籀文之形。

寤－小篆作，籀文作，隸書作（華山亭碑）。《隸辨》云：「說文寤，籀文作𥧱，碑從籀文省。類篇云：𡪴與寤同。」

厚－小篆從厂從反亯作，古文厚從后土作垕，隸書從古文厚（垕）作（袁良碑）、（孔宙碑），變土作、子，存古文之形。

朢－小篆作，金文中常見望字，均從豎目從月〔註 26〕，豎目其後譌爲臣，而隸書作朢（柳敏碑），存古文之形。

遷－小篆作，籀文作，《隸辨》云：「隸省作䙴」，隸書作（校官碑），乃從籀文而省。

〔註 26〕《金文詁林附錄》李孝定之語，第四，頁 2025。

禮－小篆作禮，古文作㲋（礼），《隸辨》云：「礼，古文禮」，隸書作示乚
（孔耽神祠碑）、𥘐乚（鄭固碑），皆存古文之形。

　　文字由古、籀文演變至小篆，形體已發生劇烈變化，篆文雖保留了大部分
的古、籀文的形體，仍有少部分已失去原形本意。幸而在文字隸變過程中，部
分隸書保存了古、籀文的形體，提供我們在研究字體演進時一個追根溯源的
途徑。

參、篆文各字而隸變易混為一字者

　　本節茲列舉隸變現象中「篆文已變古而隸書猶存古、籀文形體」者，計有
十九例。說明如下：

一、訓為「艸木華也」之𠌶（今花萼字，況于切）、訓為「榮也」之華（今
　　榮華字，戶瓜切，又呼瓜切），與訓為「華山也，在弘農華陰」之華
　　（胡化切），三字隸變為一字，均作「華」。

謹案：訓為「華山也，在弘農華陰」之華，今隸書亦有書做「崋」者，如
　　　清代書法家何紹基、吳讓之等人，惟今人華山多作「華」，與草木
　　　華、榮華之字相混。又本例所用切語以《說文》清段注本為據，以
　　　下各例皆然。

二、訓為「胤也」之胄（直又切），與訓為「兜鍪也」之冑（直又切），二
　　字形近音同而義別，隸變作胄（孔羡碑）與冑（魏上尊號奏），二字
　　混而為一，其例甚明。《隸辨》云：「說文胄裔之胄從肉，甲骨之冑從
　　冃。佩觿云以胄子為甲冑其相承有如此者。」可知胄與冑混用的情形
　　顯矣。

三、訓為「晞也」之暴，隸定作暴（殷阮君神祠碑）與訓為「疾有所趣
　　也」之暴，二字隸變混為一字，均作「暴」。《隸辨》於〈校官碑〉下
　　云：「暴，通作暴虐之暴。」

四、訓為「大陸，山無石者」之𨸏，與訓為「小𨸏（阜）也」之㠯，用作
　　偏旁時，隸變均作阝，二字隸變為一〔註27〕。

〔註27〕王鳴盛《蛾術編・說字》卷三十二云：「𨸏字，部首。注：大陸，山無石者，房九
　　　切。案：㠯字，注：小𨸏也，都回切，隸變作阝，而𨸏與㠯無別。」但《說文解

五、訓爲「衙也」之賣（余六切，讀若育），與訓爲「出物貨也」之賣（莫
邂切），二字形音義有別，而隸皆作賣，二字隸變爲一。〈孫叔敖碑〉
作賣，《隸辨》云：「說文作賣，上從出，隸省作賣，碑復省作賣。」

六、訓爲「艸也」之苟（古厚切），與訓爲「自急敕也」之苟（己力切），
二字形音義有別，而隸皆作苟（石經論語殘碑）、苟（婁壽碑），二
字隸變混而爲一。

七、訓爲「木下」之本（布忖切），與訓爲「進趣也」之夲（士刀切，讀
若滔），二字篆文形體略近而音義有別，隸變作本（白石神君碑）二
字易混而爲一。

八、訓爲「艸多兒」之萑（職追切），與訓爲「鴟屬」之萑（胡官切，讀
若和），二字篆文形體略近而音義有別，隸變作萑、萑（隸取從萑之
蘿），二字混而爲一。

九、訓爲「買賣所之也」之市（時止切），與訓爲「韠也」之市（分勿切），
二字形音義有別，隸變作市（史晨後碑）、市（魏元丕碑）〔註28〕，
二字易混而爲一。《隸辨》云：「說文市隸變作市，與韠市字相類，惟
上從點差有別爾。」

十、訓爲「擊鼓也」之鼓（《廣韻》作公戶切）與訓爲「春分之音，萬物
郭皮甲而出」之鼓（工戶切），二字篆文形體有別，而音同義略異，
隸變作鼓（孫叔敖碑陰）、鼓（房山佛經）、鼓（昭仁寺碑），今楷
作鼓、鼓、鼓，二字已混而爲一。

十一、訓爲「燕燕乙鳥也」之乙（烏拔反），與干支字之乙（於筆切），二
字形音義有別，隸變分別作乚（韓勅碑，孔字）、乚（孔宙碑）
〔註29〕，隸變後易混爲一字。

十二、訓爲「善也」之壬（他鼎切），與干支字之壬（如林切），二字形
音義有別，碑刻分別作壬（圉令趙君碑）、壬（魯峻碑），隸變
後易混爲一字。《隸辨》云：「壬字上下從一，中畫長，與王字異，

字》本文無阝字。

〔註28〕《正字通》云：「市即市字」。

〔註29〕《隸辨》無乚字，取从乚之孔字偏旁爲例。

王音珽，從人在土上。諸碑混用無別。」《偏旁字原》亦云：「漢碑壬皆作王」。

十三、訓爲「艸木多益」之 🈀（字之切），與訓爲「黑也」之 🈀（胡涓切），二字篆文形體略近而音義俱異，隸變分別作 茲玄（桐柏廟碑）、亥（史晨後碑）〔註30〕，二字因形近而混用爲一。陸德明《經典釋文》云：「茲音玄」，又云：「本亦作滋，子絲反。」乃陸氏誤合二字爲一。又如從茲聲之孳、滋，隸體或作 孳（冀州從事郭君碑、曹全碑陰）、滋玄（婁壽碑），是二字混用爲一之例。

十四、訓爲「行禮之器也」之 豐（盧啓切），與訓爲「豆之豐滿也」之 豐（敷戎切），二字形音義有別，隸變俱作 豐（華山廟碑）。又如從豐之禮，隸變作 豐（桐柏廟碑），是二字隸變後混用爲一之例。《隸辨》於薺韻第十一「禮」下云：「禮從豐，豐讀與禮同，與豐滿字異。變隸以後，豐與豐俱書作豐，故從豐之字亦書作豐，相混無別。」

十五、訓爲「辟也」之 般（薄官切），隸變作 般（魯峻碑陰），與訓爲「䯊也」之 䏠（公戶切），二字形音義有別，而隸變混而爲一。《隸辨》於桓韻第二十六「般」下云：「漢書地理志作般，其字從舟，碑變從月，與股肱之股無別。」

十六、古文酉字作 🈀（與久切），與寅卯之 卯（莫飽切），二字隸變易混而爲一。如本應從丣之字（畱、桺、劉），今隸楷字皆從卯作 畱（北海相景君銘）〔註31〕、柳（柳敏碑）、劉（韓勑碑陰），是丣、卯二字隸變後混用爲一之例。《隸辨》於有韻第四十四「柳」字下云：「柳，說文作桺，從丣。丣，古酉字。碑變從卯，卯音卿，卿字從之，隸譌以爲寅卯之卯，而從丣之字亦譌爲卯，相混無別。」

〔註30〕《隸辨》無茲字，茲从二玄，故取玄字爲例。

〔註31〕 畱（北海相景君銘）《隸辨》云：「說文作畱，上從丣（古文酉），變隸從卯，碑作卯卯，他碑亦作叩，皆卯之省也。」又云：「說文無劉字，偏旁有之，疑鎦即劉字也，從金從丣，刀字屈曲，傳寫誤作田爾。劉本從丣，丣古文酉字，他碑皆變從卯，復省爲卯卯、叩。」

謹案：此例僅就《說文》立說。甲骨文酉字作、等形，均象酒尊之形，《說文》誤以丣爲酉之古文，郭沫若先生以爲：「卯於甲骨文有作者，則丣字實古卯字耳。」郭說引自《甲骨文字集釋》十四卷「酉」字。

十七、訓爲「出東郡東武陽」之（它合切），與訓爲「出鴈門陰館絫頭山」之（力追切）水，本是兩條不同的河流名稱。其後灅省作「漯」，而濕省作「㴱」，繼之又譌變爲「漯」，二字因隸變形體混而爲一。段玉裁於「灅」字下注云：「此篆疑當是從水絫聲。其山曰絫頭山，故其水曰㵽水。今字絫作累，又與纍相亂。水經注作濕水者，㵽作漯，乃又譌濕也。」《隸辨》於（鄐閣頌）下注云：「廣川書跋云漯當作濕，是也。說文濕從㬎，㬎從日從絲。累即㬎之省而譌日爲田耳。如顯亦從㬎，綏民校尉熊君碑顯皆爲顆，與濕之爲漯正同。」

十八、訓爲「百卉也」之（倉老切），與訓爲「冬生艸也」之（陟玉切），二字形音義有別，而隸碑銘中有混用情形，如竹字或作（衡方碑）、（緜竹令王君神道）。《隸辨》云：「諸碑從竹之字或作艸」，例如：篤字或作（孔宙碑）、（夏承碑），是其證也。

十九、訓爲「厚也」之（徒沃切），本從屮毒聲，與訓爲「士之無行者」之（遏在切），二字隸變後形體相似，往往有混用情形。毒字隸變作（斥彰長田君斷碑）、（楊君石門頌）《隸辨》云：「碑訛以毐爲毒」。

以上各例是文字在隸變過程中，或因篆文形體相似，或因字形譌變，而造成二字混用爲一的情況。二字隸變混用爲一的結果，有的並存於今字中，仍爲人所使用者，如市與巿。有的已消逝不用，僅存一義，如賣與賫。追溯文字隸變混用的情形，有助於吾人對文字演化與消長的了解。

肆、由相同的篆文形體隸變成多種不同形體

本節茲列舉隸變現象中「由相同的篆文形體隸變成多種不同形體」者，計有十一例。說明如下：

一、篆文同作「巫、巫」者

垂－巫→垂（武榮碑）、垂（華山廟碑）。

素－糸→素（史晨奏銘）。《九經字樣》云：「糸隸省作素。」

脊－脊→脊（等慈寺碑）、脊（石經・毛詩）。

差－差→差（復民租碑）。《隸辨》：「說文作差，從左從巫，隸變作差。」

華－華→華（鄭固碑）、華（韓勑碑）、華（白石神君碑）、華（景北海碑）、華（桐柏廟碑）。

謹案：以上各字篆文作「巫」，而諸碑銘則隸變成巿、主、火、芋、芈、芊、芊等多種不同的形體。

二、篆文同作「彐（又）」者

有－有→有（鄭固碑）、有（衡方碑）。

秉－秉→秉（劉熊碑）、秉（尹宙碑）。

寸－寸→寸（白石神君碑）。

史－史→史（武榮碑）。

友－友→友（張遷碑）。

謹案：以上各字篆文皆作彐之形，而諸碑銘則隸變成又、ナ、ヨ、ヨ、ナ、乂、ヲ等多種不同的形體。

三、篆文同作「火（火）」者

照－照→照（劉熊碑）。

漂－漂→漂（郙閣頌）。

炯－炯→火同（楊震碑）。

炎－炎→炎（劉熊碑）。

尉－尉→尉寸（孔宙碑）、尉（白石神君碑）。

赤－赤→赤（史晨奏銘）、赤（堯廟碑）。

光－光→光（孔宙碑）。

黑－黑→黑（史晨奏銘）。

鄰－鄰→鄰（繁陽令楊君碑）、陵（韓勑兩側題名）。

謹案：以上各字篆文皆作火之形，而諸碑銘則隸變成灬、小、火、业、土、米、业等多種不同的形體。

四、篆文同作「爪（爪）」者

印－（篆）→印（夏承碑）、印（袁良碑）。

采－（篆）→采（衡方碑）、采（州輔碑）、菜（孔耽神祠碑）。

爭－（篆）→爭（婁壽碑）、爭（楊君石門頌）、爭（劉寬後碑）、爭（司農
劉夫人碑）、爭（丁魴碑）。

受－（篆）→受（堯廟碑）、受（唐扶頌）。

謹案：以上各字篆文皆作爪之形，而諸碑銘則隸變成（多種形體）、
（等）等多種不同的形體。

五、篆文同作「（廾）」者

弄－（篆）→弄（老子銘）。

奐－（篆）→奐（王純碑）。

輿－（篆）→輿（韓勑碑）。

舉－（篆）→舉（衡方碑）。

丞－（篆）→丞（魯峻碑）、丞（戚伯著碑）。

謹案：以上各字篆文皆作之形，而諸碑銘則隸變成廾、大、六、
兀、儿、北等多種不同的形體。

六、篆文同作「（手）」者

挈－（篆）→挈（校官碑）、挈（史晨奏銘）。

舉－（篆）→舉（武榮碑）。

承－（篆）→承（孔龢碑）。

授－（篆）→授（北海相景君銘）、授（衡方碑）。

琫－（篆）→琫（曹全碑）。

奉－（篆）→奉（司農劉夫人碑）。

謹案：以上各字篆文皆作之形，而諸碑銘則隸變成手、扌、丰、丰、
又、文、干、半等多種不同的形體。

七、篆文同作「（肉）」者

肝－（篆）→肝（費鳳別碑）。

祭－（篆）→祭（桐柏廟碑）、祭（史晨奏銘）。《隸辨》云：「說文祭從示
從又持肉，夕偏旁肉字也，碑變從夕。」

腐－**廖**→**腐**（蟄道人書）。

肉－**∽**→**肉**（史晨後碑）。

謹案：以上各字篆文皆作**∽**之形，諸碑銘則隸變成**月**、**夕**、**夕**、**肉**、**奧**等
多種不同的形體。

八、篆文同作「**犮**（犬）」者

獄－**㹟**→**獄**（唐公房碑）、**狱**（斥彰長日君斷碑）。

喪－**爽**→**喪**（魯峻碑）、**喪**（夏承碑）。

彪－**庬**→**庞**（衡方碑）。

器－**器**→**器**、**器**（孔龢碑）、**器**（韓勑碑）、**器**（張遷碑）。

突－**突**→**突**（張納功德敘）。

謹案：以上各字篆文皆作**犮**之形，而諸碑銘則隸變成**犭**、**长**、**女**、**土**、
士、**九**、**犬**、**大**、**兀**、**工**等各種不同的形體。

九、篆文同作「**心**（心）」者

念－**念**→**念**（史晨奏銘）、**念**（韓勑碑）、**念**（郙閣頌）。

慎－**慎**→**慎**（桐柏廟碑）、**慎**（景北海碑）、**慎**（韓勑碑）。

性－**性**→**性**（夏承碑）、**性**（鄭固碑）、**性**（孔耽神祠碑）。

恭－**恭**→**恭**（孔宙碑）、**恭**（尹宙碑）、**恭**（張遷碑）、**恭**（韓勑碑陰）、
恭（桐柏廟碑）。

謹案：以上各字篆文皆作**心**之形，而諸碑銘則隸變成**心**、**心**、**心**、**忄**、
忄、**小**、**小**、**小**、**小**、**心**等各種不同的形體。

十、篆文同作「**水**、**水**（水）」者

水－**水**→**水**（景北海碑陰）、**水**（西狹頌）。

決－**決**→**決**（史晨後碑）、**決**（周憬功勳銘）。《隸辨》云：「碑變氵從
言。」

泰－**泰**→**泰**（孔宙碑）。

溢－**溢**→**溢**（堯廟碑）、**溢**（郙閣頌）。

羨－**羨**→**羨**（魏孔羨碑）、**羨**（圉令趙君碑）。

謹案：以上各字篆文皆作**水**之形，而諸碑銘則隸變成**水**、**水**、**氵**、**冫**、
小、**兴**、**二**等各種不同的形體。

十一、篆文同作「𡗞、𡗜（大）」者

亦－𡗞→亦（華山廟碑）、亦（魏孔羨碑）。

奚－𡙡→奚（鄭固碑）。

奇－奇→奇（婁壽碑）、奇（孫叔敖碑）。

衡－衡→衡（魏孔羨碑）、衡（衡方碑）、衡（武榮碑）。

因－因→因（尹宙碑）、因（史晨後碑）。

奪－奪→奪（北海相景君銘）。

美－美→美（夏承碑）、美（陳寔殘碑）。

謹案：以上各字篆文皆作𡗞之形，而諸碑銘則隸變成亦、亠、六、介、亠、大、灬、工、市、火、廾等各種不同的形體。

文字隸定（隸變）過程中，由同一篆形演變成不同隸體的情形，不勝枚舉，本文僅就部分常見的偏旁，加以分析說明。由此我們可以看出相同的篆文偏旁，常有許多不同的隸書形體，而且會因其所處的位置有異，而有不同的變化。例如：𡳿字，因其在文字中所處位置不同，有心（如念字）、忄（如性字）、小（如恭字）等不同的寫法。甚至，篆文偏旁在文字中所處的位置即使相同，也可能隸變成不同的形體，例如：𢍏字在弄（弄）、奐（奐）、興（興）等字位置相同，但卻有廾、大、丌不同的變化〔註32〕。這是篆文隸定（隸變）過程中形體分化的情形。

伍、由不同篆文形體隸變成相同的形體

文字演變的總趨勢是由繁而簡，由不同形體走向同化、類化的途徑。因此隸變中最常見的情形便是由不同的篆文形體隸變成相同的形體，亦即今日所見隸體同作某形，而事實上古、籀、篆文卻不一定相同。本文將分成常用偏旁與文字之部分形體兩方面來討論。

一、常用偏旁

本文列舉十大常見偏旁為例，統合分析如下：

（一）火字在某字下方時多隸改作四點，例如：然、烈、焦、烝、煮、照、熊、熱，具有火意。然有些字形雖隸作四點，卻不從火取意。例如：鳥、烏、

〔註32〕詳見裘錫圭《文字學概要》，〈隸書對篆文字形的改造〉，頁103～104。

焉、舄；爲、馬、廌、魚、燕。茲詳述如下：

　　鳥－小篆作🔣，隸定作烏（孔耽神祠碑）。《說文》云：「長尾禽總名也，象形。鳥之足似匕，从匕。」

　　烏－小篆🔣，隸定作烏（鄭固碑）。《說文》云：「孝鳥也，象形。」

　　焉－小篆🔣，隸定作焉（尹宙碑）。《說文》云：「焉鳥，黃色，出於江淮，象形。凡字朋者羽蟲之長，烏者日中之禽，舄者知大歲之所在，燕者請子之候，作巢避戊己，所貴者，故皆象形，焉亦是也。」

　　舄－小篆作🔣，隸定作舄（蟄道人書）。《說文》云：「誰也，象形。」

　　謹案：段玉裁注云：「烏、舄、焉皆象形，惟首各異。」知以上四字本皆從匕，象禽鳥之足，與火意無關，隸改作四點，僅便於書寫，不從火取意。

　　爲－小篆作🔣，隸定作為（北海相景君銘）。《說文》云：「母猴也，其爲禽好爪，下腹爲母猴形。王育曰：爪，象形也。」段玉裁注曰：「爪，衍文，王說全字象母猴形也。」魯實先先生云：「許氏以母猴訓爲，形既不肖，義亦不傳……以爲之本字從又從象，其本義乃服象以任勳勞，（諸金文）字乃從爪從象，隸定作爲，爪又義皆爲手，故可通作。」〔註33〕故爲字當爲從爪從象省，以示執象勞作之義。

　　馬－小篆作🔣，隸定作馬（史晨後碑）。《說文》云：「怒也，武也，象馬頭、髦尾、四足之形。」

　　廌－小篆🔣，隸定作廌（魯峻石壁殘畫）。《說文》云：「解廌獸也，似牛，一角。古者決訟，令觸不直者，象形，从豸省。」段玉裁於「豸」下注曰：「總言其義其形，故不更言象形也。或曰此下當有象形二字。」

　　魚－小篆作🔣，隸定作魚（孔宙碑陰）。《說文》云：「水蟲也，象形。魚尾與燕尾相似。」段玉裁注曰：「其尾皆枝，故象枝形，非從火也。」

　　燕－小篆作🔣，隸定作燕（楊震碑陰）。《說文》云：「燕燕玄鳥也，籋口，布翄，枝尾，象形。」段玉裁注云：「與魚尾同，故以火像之。」

〔註33〕詳見魯實先《說文正補》，「爲」字，頁43～46。

謹案：爲，从爪从象省，下象獸足也；馬，象髦鬣尾足之形；鷹，下象其
　　　足與尾；魚與燕，下皆象其尾開叉之形。知以上五字皆象其物類足、
　　　尾之形，與火意無關，雖隸改作四點，亦不以火取意。

無—小篆作𣟒，隸變作無（北海相景君銘）。《說文》云：「亡也，从亡𣟒
　　　聲。」段玉裁注云：「無乃𣟒之隸變，𣟒之訓豐也，與無義正相反，
　　　然則隸變之時，昧於亡爲其義，𣟒爲其聲，有聲無義，殊爲乖謬。古
　　　有假𣟒爲𣟒者，要不得云本無二字，漢隸多作𣟒可證。」

謹案：無於甲骨文作𣟒（殷墟文字甲編 2858）、𣟒、𣏟（殷墟文字乙編
　　　2181 及 2592），金文作𣟒、𣏟。魯實先先生云：「據俱爲從大，象
　　　執旄羽而舞之形，以其借爲有亡之亡。」〔註34〕《說文》中所采爲
　　　假借義，非字之本義。此旄羽之形自東周以後演變爲象二木之形，
　　　如𣟒（克鼎）、𣏟（不𡢁敢）、𣏟（詛楚文），𣟒（盂鼎），以至於
　　　《說文》小篆皆作二木（林）之形，漢、魏碑文俱隸變林爲四點作
　　　「無」，與火意無關，不从火取意。

（二）古文書寫無一定向，目字或橫書作𥄂，但仍从目生意，例如：睘，
遝、𥄂、罯；但有些字形雖隸作橫目（𥄂）之象，卻不从目生意。例如：瞢、
蔑、夢、薨；買、羅、罥、署、置；爵；眾。茲詳述如下：

瞢—小篆作瞢，隸定作瞢（魏孔羨碑）。《說文》云：「目不明也，从苜从
　　　旬，旬，目數搖也。」

蔑—小篆作蔑，隸定作蔑（祝睦後碑）。《說文》云：「勞目無精也，从苜
　　　从戍，人勞則蔑然也。」

謹案：瞢、蔑二字雖其義與目意略有關聯，然其字本从苜構形生意，由苜
　　　隸變作𦫶，非從橫目（𥄂）生意也。

夢—小篆作夢，隸定作夢（劉熊碑）。《說文》云：「不明也，从夕瞢省
　　　聲。」

薨—小篆作薨，隸定作薨（劉寬碑）。《說文》云：「公侯卒也，从死瞢省
　　　聲。」

謹案：夢、薨二字，雖隸定作橫目之形，然實則从瞢省構形，而非从橫目

〔註34〕詳見《假借遡源·卷上》，頁 22。

（罒）生意也。

買－小篆作𧵓，隸定作買（史晨後碑）。《說文》云：「市也，从网貝。」

羅－小篆作𦌕，隸定作羅（魏大饗記殘碑）。《說文》云：「以絲罟鳥也，从网从維。」

詈－小篆作䍀，隸定作詈（蟄道人書）。《說文》云：「罵也，从网言。」

署－小篆作𦉭，隸定作署（圉令趙君碑）。《說文》云：「部署也，各有所网屬也。从网者聲。」

置－小篆作𦉱，隸定作置（孔霦碑）。《說文》云：「赦也，从网直。」

謹案：買、羅、詈、署、置……等諸从网之字，其字形本皆从网頭，隸變作罒，與橫目（罒）相混，實不从橫目生意也。

爵－小篆作𤔅，隸變作爵（孔龢碑），《說文》云：「禮器也，𤔅象雀之形，中有鬯酒，又持之也。」《九經字樣》云：「爵，隸省」。

謹案：依小篆形體隸定應作𤔅，上象雀形，从又（手）持鬯（酒）。隸變作爵，上似爪似罒。爵本義「禮器也」，與爪、罒無關，乃形體隸變之故。

眾－小篆作𥅫，隸定作眾（校官碑）。《說文》云：「多也，从𠂢目眾意。」

謹案：依許慎說法，眾字與目意有關，从目構形而生意，實則不然。依甲、金文之形構，可證明許說有誤。眾，甲骨文作𥅪、𥅤，金文作𥄚、𥅫，上皆从日或从△，惟不从罒，《說文》作𥅫，乃承戰國時代以來刻寫譌變之形，非承古文而來，許慎據譌變之字形而誤釋眾字之形。眾，與目意無關，上四之形當是「从會省」之形。《說文》作「會，合也，从亼曾省。曾，益也」，此又許慎釋形之誤。考會字於金文多作𣌭、𣌮、𣌯等形，應作「从囪合聲」爲是，中間𣌭之形，以煙囪示屋舍之形，合聲有聚集、會合之意，故會字應以屋舍聚集爲本意，引伸作爲一切合之稱。故知眾字應作「从众从會省」之會意字，謂會合許多人，而有眾多之意，與目意無關，不从橫目（罒）構形〔註35〕。

――――――――――

〔註35〕魯實先先生云：「會於卜辭、金文并從合從⑩，以示聚合里舍，非如《說文》所謂從亼曾省也。」（詳見《假借遡源・卷十》，頁69）。另於《金文詁林附錄》，頁751

（三）日者，據《說文》之解，為太陽之精不虧，从○一，象形。凡从日構形生意者，例如：旻、時、早、晨、晏、昏、旰、旭，皆與日意有關，然有些字形隸定之後似从日構形，而實非从日，例如：曾、曷、沓、曹；魯、者、智；旨、香、猒；晳、隙；音。另別有「易」字，各家說法不同。茲詳述如下：

曾－小篆作 曾，隸定作 曾（婁壽碑）。《說文》云：「詞之舒也，从八从曰，聲。」

曷－小篆作 曷，隸定作 曷（唐扶頌）。《說文》云：「何也，从曰匃聲。」

沓－小篆作 沓，隸定作 沓（孫叔敖碑）。《說文》云：「語多沓沓也，从水曰。」

曹－小篆作 曹，隸變作 曹（夏承碑）。《說文》云：「獄兩曹也，从棘，在廷東也。从曰，治事者也。」

謹案：日與曰隸定之後形近易混，曾、曷、沓、曹……等从曰之字皆與言詞之意有關，與日意無涉，知其从曰不从日也。

魯－小篆作 魯，隸定作 魯（孔龢碑）。《說文》云：「鈍詞也，从白魚聲。」

者－小篆作 者，隸變作 者（華山廟碑）。《說文》云：「別事詞也，从白常聲。常，古文旅。」

智－小篆作 智，隸變作 智（魏受禪表）。《說文》云：「識詞也，从白亏知。」

謹案：白（白），《說文》云：「此亦自字也，省自者，詞言之气从鼻出，與口相助。」古文象形字增一筆或減一筆均不影響字之音義，故許氏言「省自者」實附會之說，非也。魯、者、智三字依篆文之形構

―753，釋 會 一條中云：「……方濬益釋皿象形，曰『按此文似器之有會者，《儀禮・士喪禮》敦啟會，注曰會蓋也。』（綴遺卷十一、三頁祖己父辛卣）……李孝定曰『諸家釋愊、釋皿、釋卣、釋彝、釋盅並無據。惟方氏以為象器之有會者，於說為長。按此實會之古文，金文會作 會（趞亥鼎），其中所從之 會，正是此字，象器蓋相合之形，其後以象形之意不顯，又增「合」為偏旁耳。會、合二文，形音並近，古當為一字，金文會字增合，於義已複矣。』」筆者謹案： 會 之形，或釋煙囱之形，或以為器蓋相合之形，然於「會」字均取其會合之意，釋形不同，於義無別。

知其從白（自）構形，謂詞气之義，與日義無涉，知其不從日構形
生意也。

旨－小篆作 𠮛，隸定作 旨（衡方碑）。《說文》云：「美也，從甘匕聲。」

猒－小篆作 猒，隸定作 猒（婁壽碑）。《說文》云：「飽也，足也，從甘
狀。」

香－小篆作 香，隸省作 香（孔宙碑陰）。《說文》云：「芳也，從黍從
甘。」

謹案：旨、猒、香三字，依篆文從甘，謂甘美之義，雖隸定之形似日，實
與日意無涉，知其非從日構形。

皙－小篆作 皙，隸變作 皙（樊敏碑）。《說文》云：「人色白也，從白析
聲。」

隙－小篆作 隙，隸楷作 隙。隙，從𡈹構形，《說文》云：「𡈹，際見之白
也，從白上下小見。」

謹案：《說文》云：「白，西方色也。会用事，物色白。從入合二。二，
会數。」許氏之解此字，析形釋義皆誤，白本象拇指之形，本義
為大拇指，而為「擘」之初文。用作顏色之白，乃無本字之用字假
借〔註36〕。皙、隙二字皆從白構形，與日意無涉，知其不從日構形
也。

音－小篆作 音，隸定作 音（堯廟碑）。《說文》云：「聲生於心，有節於外
謂之音。從言含一。」

謹案：《說文》云：「從言含一」段玉裁注曰：「有節之意也」，知與日意
無涉，雖隸定作音，非從立從日，不從日構形。

易－小篆作 易，隸定作 易（楊震碑）。《說文》云：「蜥易、蝘蜓、守宮也。
象形。秘書說曰：日月為易，象陰陽也。一曰：從勿。」段玉裁注曰：
「上象首，下象四足，尾甚微，故不象。」《隸辨》亦云：「象蜥易之
形。」

〔註36〕魯實先先生云：「白於卜辭作 𤼞、𤼞，於盤銘作 𤼞（錄遺四一九圖），乃象拇指，借
為白色，故孼乳為擘（見《孟子·滕文公下》、《爾雅·釋魚》）」，此說詳見《轉注
釋義》，頁15。

謹案：若依許氏說解、段氏注釋及顧氏之說，「易」本守宮蟲也，文象其頭足之形，與日意無涉，非从日構形。然寧鄉魯實先先生依據甲、金文之形構，獨排眾議，認爲易非象蜥易、守宮之形，而實從叞從彡，爲一會意字，而叞字當從日從乙之會意字〔註37〕。究其源，若依魯先生之說，易字仍是從日構形，仍有日意，則不宜置於此「非从日構形」之例中。

（四）小篆，隸定作水，水字在某字形中或隸變作氺，仍有水意，或從水構形，例如：「泰，滑也，从廾水，大聲」、「滕，水超踊也，从水朕聲」、「桼，木汁可以鬃物，从木，象形，桼如水滴而下也」之屬，皆是水之變體。其他有隸定後似水而實非從水者，例如：康；氽；暴；隶；眔。茲詳述如下：

康－小篆作，隸變作（鄭季宣殘碑陰）。康本作穅，《說文》云：「穅，穀之皮也，从禾米，庚聲。」

謹案：由《說文》本篆知康本義訓米穀之皮，从米庚聲。本从米而隸變作氺，非从水構形生意也。

〔註37〕魯實先先生《殷契新詮》云：「易乃從叞從彡以會意，叞者涿之奇字，當爲從日從乀以會意，《說文》云『涿，流下滴也』，所謂流下滴者，漏刻爲然，漏刻以紀日時，故叞字從日以示紀時之義。《說文》云『乀，流也』，故叞字從乀以示流水之義。考漏于古音屬謳攝，涿屬謳攝入聲，音相切近，蓋涿之與漏乃音義相同之古今字，易之從彡者所以示流水連緜之義，猶彤之從彡，以示舟行延邁之義也。然則易之爲字當以變易爲本義，蓋以漏刻瀉流隨時不同，指日命分輒異圻鄂，故以從叞從彡以示變易之義也。說者乃謂叞之從日謂于日光中見之，或謂叞之從日乃《小雅‧角弓》『見晛日流』之意，所從之乀爲及之古文，義謂擔雷相及，或謂叞之從日乃取〈東京賦〉『日月會于龍䝙』之意，或謂叞之爲字乃謂日晒而水下滴之形，是皆曲解字形，謬于本義矣。考易于金文作、正足見其爲從叞，省爲，則與卜辭易字同體，其或并見一器者，是猶彡于卜辭或與篆文相同作彡，或多其積畫而作也。抑又考之，凡從易聲之字無一與蟲妟蜥易之義相屬者，若疾視曰睗，脈數曰瘍，骨間黃汗曰瘍，吐舌取食曰喝，假髮被首曰鬄，鬈髮除毛曰鬄，犬之張耳曰狊，人之肅敬爲惕，霧易數變曰暘，嬴裎去衣曰裼，金似銀鉛曰錫，凡此胥爲變易之義所擘乳。佗若賞賚曰賜，貿財曰傷，此又迻易之義所擘乳。若夫蜥易之隨時變色，亦猶漏刻之隨時升沉，斯亦變易之義所引者也。此以字形及字義證之，可知許氏誤以引申義爲本義，誤以會意爲象形，義證燆然。自餘異說，舉無一有當者矣。」

彔－小篆作<彔>，隸變作<彔>（曹全碑，祿字）。《說文》云：「刻木彔彔也，
　　象形。」

謹案：段玉裁注曰：「彔彔，麗鏤嵌空之貌」，知彔字<彔>象刻鏤之形，隸變
　　　似水，非從水構形生意也。

暴－小篆作<暴>，隸定作<暴>（校官碑），今隸作暴《說文》云：「晞也，從日
　　出廾米。」

謹案：段玉裁注曰：「日出而竦手舉米曬之，合四字會意」，許氏與段氏并
　　　誤也。暴屬並紐，米屬明紐，同為唇音，二字雙聲，為一形聲字。
　　　暴下所從氺，亦是由米字隸變而來，非從水構形生意也。

暴－小篆作<暴>，隸定作暴（曹全碑），今隸作暴，《說文》云：「疾有所趣
　　也，從日出本廾之。」

謹案：暴（音抱），暴與本同屬幽攝，二字疊韻，應是從日出廾，本聲之
　　　形聲字。本，進趣也，訓疾速之義，與水意無關，隸變似水，非從
　　　水構形生意也。

隶－小篆作<隶>，隸定作<隶>，《說文》云：「及也，從又尾（尾）省，又持尾，
　　從後及之也。」

謹案：隶，其字形從又尾省，雖隸變似水，實不從水構形生意也。

眔－小篆作<眔>，隸定作<眔>。《說文》云：「目相及也，從目隶省，讀若與隶
　　同也。」段玉裁注曰：「會意」。

謹案：許氏與段氏之釋義析形并誤也。眔，當作「涕也，從目象涕之形」，
　　　為一合體象形字，是「涕」之本字。下<氺>為象涕之形，與水無關，
　　　雖隸變似水，實不從水構形生意也。

（五）月者，據《說文》之解，為太陰之精多闕，象不滿之形，凡從月構
形生意者，例如：朔、望、朗、霸、朓……等。此外，有隸變後字形似月而非
從月者，例如：朕、朝、服及勝、滕、騰、膽、胜、滕、臍；肖、肘、胃、胎……
等從肉之字；青；朋。茲詳述如下：

朕－小篆作<朕>，隸變作<朕>（魏孔羨碑）。《說文》云：「我也，闕」。段
　　玉裁注曰：「按朕在舟部，其解當曰舟縫也，從舟关聲。」

謹案：朕字《說文》云：「我也，闕」，所謂闕者，乃不知其從舟关聲，以
　　　示施身自謂之義，亦不知其為會意或形聲也。寧鄉魯實先先生據金

文考訂，得知朕本从舟从弁以會意，其說引自《甲骨文字集釋》卷
八「朕」字。朕，偏旁舟隸變作月，實非从月構形也。

服－小篆作𦚲，隸變作服（孫根碑）。《說文》云：「用也，一曰車右騑
所以舟旋，从舟反聲。段玉裁注曰：「舟當作周，馬之周旋，如舟之
旋，故其字從舟。」

朝－小篆作𩁌，隸變作朝（北海相景君銘）。《說文》云：「旦也，从倝舟
聲。」

謹案：服、朝二字，一从舟反聲，一从倝舟聲，其舟均取周旋、周回不已
之意。《隸辨》云：「從舟變隸作月，與月肉字相混。」雖隸變似月
之形，非從月構形生意也。

勝－小篆作𠟷，隸變作勝（景北海碑陰）。《說文》云：「任也，从力朕
聲。」

滕－小篆作𦞛，隸變作月滕（孔宙碑陰）。《說文》云：「水超踊也，从水
朕聲。」

騰－小篆作𩥢，隸變作騰（景北海碑陰）。《說文》云：「傳也，从馬朕聲。
一曰：犗馬也。」

謄－小篆作𧦠，隸定作謄。《說文》云：「迻書也，从言朕聲。」

塍－小篆作𡓨，隸定作塍。《說文》云：「稻田中畦埒也，从土朕聲。」

榺－小篆作𣐱，隸定作榺。《說文》云：「機持經者，从木朕聲。」

賸－小篆作𧹷，隸定作賸。《說文》云：「物相增加也，从貝朕聲。」

謹案：勝、滕、騰、謄、塍、榺、賸諸字，分列於各部，而諸字均以朕
為聲。朕，从舟从弁，偏旁「舟」隸皆變作月，實不从月構形生
意也。

肖－小篆作𨌻，隸定作肖（孫叔敖碑陰）。《說文》云：「骨肉相似也，从
肉小聲。」

肘－小篆作𦘒，隸定作肘（蟄道人書）。《說文》云：「臂節也，从肉
寸。」

胃－小篆作𦞅，隸定作胃。《說文》云：「穀府也，从肉⊕，象形。」

胎－小篆作𦙺，隸定作月台（孔耽神祠碑）。《說文》云：「婦孕三月也，
从月台聲。」

謹案：凡從肉構形生意者，均應從肉，例如肖、肘、胃、胎……之屬皆
　　　是，而今隸均省作月，與日月之月相混不別，此類之字甚多，宜分
　　　別之。

青－小篆作青，隸變作青（韓勑碑）。《說文》云：「東方色也，木生火，
　　　從生丹。」

謹案：此字許氏釋義析形并誤也。許愼謂「東方色也」，係採陰陽五行之
　　　說以釋其義，不可信也。魯實先先生云：青之本義應作「曾青」解。
　　　曾青，即空青、碧青、銅青。該字從生從井構形而生意，從生者，
　　　示如草木之青蔥；從井聲者，示其掘地而出，猶丹於篆文作月，以
　　　象采丹之井〔註38〕，而非如許愼所言「從生丹」之會意字。青，字
　　　形從井，隸變似月，實非從月構形生意也。

朋－古文作朋，隸變作朋（繁陽令楊君碑）。《說文》云：「古文鳳，象
　　　形。鳳飛群鳥從以萬數，故以爲朋黨字。」

謹案：朋本鳳之古文，象鳳之形，隸從古文變，形似雙月，實不從月構形
　　　生意也。

（六）田者，可樹穀之地，象形。凡從田構形生意，或從田得聲者，例如：
界、畿、男、畦、略，畜、甸、佃、畋、鈿，皆是從田之形。此外，有隸定後
似田之形，而實非從田取意者，例如：思、細、毗；胃、番、果、禺、畏；甾、
奮；雷；畁；異；畢、糞。茲詳述如下：

思－小篆作思，隸變作思（北海相景君銘）。《說文》云：「容也，從心從
　　　囟。」《隸辨》云：「說文思本從囟，變隸從田。」

細－小篆作細，隸變作糸田（張遷碑）。《說文》云：「散也，從系囟聲。」

毗－小篆作毗，隸變作田比（郭究碑）。《說文》云：「毗齋，人齋也，
　　　從囟，囟取通气也，從比聲。」

謹案：思、細、毗三字篆文皆從囟構形或從得聲，隸變後字形似從田，實
　　　非從田構形生意或得聲也。

胃－小篆作胃，隸變作胃。《說文》云：「穀府也，從肉囟，象形。」

番－小篆作番，隸定作番（陳寔碑）。《說文》云：「獸足謂之番，從釆，

〔註38〕詳見魯實先先生《文字析義》，頁577。

田象其掌。」段玉裁注曰：「下象掌，上象指爪，是為象形。」

果－小篆作**果**，隸定作**果**（魏呂君碑）。《說文》云：「木實也，從木，象
　　果形在木之上。」

禺－小篆作**禺**，隸定作**禺**（蟄道人書）。《說文》云：「母猴屬，頭似鬼，
　　從甶從内。」

畏－小篆作**畏**，隸定作**畏**（費鳳別碑）。《說文》云：「惡也，從甶虎省，
　　鬼頭而虎爪可畏也。」

謹案：胃字從肉而以上體象食物（穀）在胃中之形，番字從釆而下象獸足
　　　掌之形，果字從木而上象果實之形，禺為獼猴之屬而上象其頭，畏
　　　則從甶從虎省。以上五字各有其象形，雖隸定後似田，實非從田構
　　　形生意也。

甾－小篆作**甾**，隸變作**甾**（冀州從事郭君碑）。《說文》云：「東楚名缶曰
　　甾，象形也。」段玉裁注曰：「今隸當作甾」。

畚－小篆作**畚**，隸定作**畚**。《說文》云：「蒲器也，畚屬所以盛糧，從甾弁
　　聲。」

謹案：甾，缶屬，本作甾，象缶之形；畚字從甾（甾），亦象缶之形。二
　　　字隸變之後雖似從田，實非從田構形生意也。

雷－小篆作**靁**，隸省作**雷**（武榮碑）。《說文》云：「霒昜薄動生物者也，
　　從雨，畾象回轉形。」段玉裁注曰：「許書有畾無畾，凡積三則為眾，
　　眾則盛，盛則必回轉。二月陽盛，靁發聲，故以畾象其回轉之形，非
　　三田也。韻書有畾字，訓田間，誤矣！」《隸辨》云：「說文作靁，省
　　作雷。」

謹案：雷本作靁，從雨而畾象回轉之形，非三田也，段注明矣，雖隸省作
　　　田，實非從田構形生意也。

畀－小篆作**畀**，隸定作**畀**（潘乾校官碑）。《說文》云：「相付與之約在閣
　　上也。從丌甶聲。」段玉裁注曰：「古者物相與必有藉，藉即閣也，
　　故其字從丌，疑此有奪文，當云：相付與也，付與之物在閣上，從
　　丌。」

謹案：段說頗是，許慎釋形有誤，字當從丌而以上體象物之形，隸變似
　　　田，實非從田構形生意也。

異－小篆作🔣，隸定作異（孔宙碑陰）。《說文》云：「分也，从廾畀。畀，予也。」

謹案：許氏依篆文譌變之形來解字，誤矣！異於甲骨文作🔣，金文作🔣、🔣等形，乃从大甶聲之形聲字，是「禩」之初文，表示奉甶以祭之義〔註39〕。隸定後似田，實非从田構形生意也。

畢－小篆作🔣，隸變作畢（校官碑）。《說文》云：「田网也，从田从華，象形，或曰田聲。」

糞－小篆作🔣，隸變作糞（度尚碑）。《說文》云：「棄除也，从廾推華棄釆也。官溥說：似米而非米者矢字。」

謹案：《徐箋》云：「華、畢一聲之轉，故篇韻華又音畢，疑華、畢本一字。」畢於卜辭作🔣、🔣、🔣、🔣諸形，正象网形，下有柄，即許氏所謂象畢形之華也，故畢上之田乃象網之形，非从田也，許氏誤矣！糞於卜辭作🔣，字乃从屮不从華，亦許氏之誤釋〔註40〕。畢、糞二字隸變後似田，實非从田構形生意也。

（七）爪者，覆手以取物，象手橫下之形，凡从爪取意者皆从爪，例如：爲、爰、爭、淫、辭諸字皆是。但有字形隸變似爪，而實不從爪構形生意者，例如：爵、舜、覓等字。茲詳述如下：

爵－小篆作🔣，隸定作爵（孔龢碑），《說文》云：「禮器也，🔣象雀之形，中有鬯酒，又持之也。」

謹案：依小篆形體隸定應作🔣，上象雀形，从又（手）持鬯（酒）。隸變作爵，上似爪似罒，爵本義「禮器也」，與爪、罒無關，乃形體隸變之故。

舜－小篆作🔣，隸變作舜（費鳳碑）。《說文》云：「舜艸也。……象形，

〔註39〕魯實先先生云：「異於虢尗鐘作🔣，盂鼎作🔣，從大甶聲，示奉甶以祭，猶之飤於贏霝叀毁作🔣，示設食於甶。乍鼎大鼎云公朿鑄武王成王異鼎（三代四卷二十葉），異鼎謂祭祀之鼎，此正異之本義，借爲怪異與分異，故孳乳爲禩（詳見《轉注釋義》，頁12）。謹案：異、甶並屬噫攝，二字疊韻，異字從大以示人，以甶爲聲也。

〔註40〕此說採自《說文解字詁林·四下·華部》，引《徐箋》及《殷虛文字》之說法。詳見冊四，頁509、513。

从舛，舛亦聲。」段玉裁注曰：「叕象葉蔓華連之形也。……隸作
舞。」

謹案：篆文![篆]乃以不成文之體叕爲形符，象艸蔓地生而連華之形，隸變
似爪，實非从爪構形取意也。

覓－本應作覛，小篆作![篆]，俗隸作![篆]〔註41〕。《說文》云：「覛，邪視也，
从𠂆从見。」段玉裁注曰：「俗有尋覓字，此篆之譌體。」

謹案：覓字於《說文》、《隸辨》并不錄，惟今隸楷字有尋覓之覓，故錄於
此。其字形上似从爪，實與爪無關也。

（八）巛者，古川字，貫穿通流水也，凡从巛（川）之意，皆有从水順流
之意，例如：巠、𢀖、邕諸字皆是。但有字形隸定似巛，而實非从巛構形生意
者，例如：巢、鬜、𡿺、轚等字。茲詳述如下：

巢－小篆作![篆]，隸定作![篆]（韓勑兩側題名）。《說文》云：「鳥在木上曰巢，
在穴曰窠，从木象形」段玉裁注曰：「象其架高之形。」

謹案：巢字從木，象鳥巢於木上之形，其臼象巢之形，以![篆]象鳥之形，
字形隸定後似巛，實不从巛構形生意也。

鬜－小篆作![篆]，隸定作![篆]。《說文》云：「毛鬜也，象髮在囟上，及毛髮鬜
鬜之形也。此與籒文子字同意。」

𡿺－小篆作![篆]，隸定作![篆]。《說文》云：「頭髗也，从匕。匕，相比箸也。
巛以象髮，囟象囟形。」

謹案：鬜與𡿺二字，皆从囟上有毛髮之形，囟之於𡿺，猶如![篆]之於![篆]，百
之於![篆]，乃一字之異構，惟一加毛髮之形，一不加髮形耳。其隸定
後作巛，與水流之意無涉，知其非从巛（川）構形取意也。

轚－小篆作![篆]，隸定作![篆]〔註42〕。《說文》云：「車軸耑鍵也，兩穿相背，
从舛，离省聲。离，古文禼字。」

謹案：許書云：「离，古文禼字」，禼字釋「山神也，獸形，从禽頭，从内，
从屮」故离之於禼，亦如囟、子、𡿺之例，以巛象毛髮之形，隸定

〔註41〕《隸辨》不錄「覛」與「覓」二字，其隸體依清周靖所撰之《篆隸考異‧卷四‧
見部》而定。

〔註42〕轚字諸書并不錄，僅依其篆文形體隸定之。

後似巛，實非從巛（川）構形取意也。

（九）方者，一說象架上懸刀之形〔註43〕；魯實先先生則認爲，方於卜辭從冂人會意，以示人居邑中，而以「方國」爲本義〔註44〕，非如《說文》所云，象兩舟省總頭形，作併船解。今多假借作方圓之方，本義反而不顯。凡從方構意或以方諧聲者，如放、坊、芳、仿、肪……等，皆從之。此外，有隸變後似方之形，而實與方意無涉者，如於；敷；旌、旗之屬等字。茲詳述如下：

於－篆文作𣄰，隸變作方合（魏上尊號奏）。《說文》云：「象古文烏省」。

謹案：古文烏作𦤉，象形，省作𣄰，即今之於字，所從之方字與方意無涉，亦非從方諧聲。

敷－許書本無敷字，段玉裁云「專」字「今刻云或作敷」，《說文》云：「專，布也，從寸甫聲。」

謹案：專，與敷布字通，知敷字所從之字本應從寸構形，今作敷者乃傳刻不同，與方字無關。

旌旗之屬等字－均從㫃構形，《說文》云：「㫃，旌旗之游㫃蹇之貌，從屮曲而垂下㫃相出入也。」

謹案：段玉裁注曰：「從屮，曲而下垂者游，從入，游相出入也。」意謂象旗幟隨風飄揚時出時入之形，隸變作從方從入，已失古人制字本意，本與方意無涉。今《字彙》方部之字多屬旌旗之類，而非從方圓之方也。

（十）舌者，在口中所以言及辨味者，凡從舌旁，如舐、猪、舓等字皆從之。此外，有隸定後作舌而實非從口舌之舌者，如話、刮、活、括；栝……等字。

話－小篆作𧦝，隸變作話（蟄道人書）。《說文》云：「會合善言也，從言昏聲。」

刮－小篆作𠛅，隸變作刮（華嶽廟碑）。《說文》云：「掊杷也，從刀昏聲。」

活－小篆作𣶒，隸變作活（魏上尊號奏）。《說文》云：「流聲也，從水

〔註43〕 葉玉森之說。詳見李孝定《甲骨文字集釋》卷八「方」字，頁2779。

〔註44〕 詳見魯實先《文字析義》，頁691。

昏聲。」

括－小篆作【篆】，隸變作【括】（袁良碑）。《說文》云：「絜也，从手昏聲。」

謹案：以上諸字皆从昏諧聲。昏字，段玉裁注曰：「凡昏聲字隸變皆為舌，如括刮之類。」故知話、刮、活、括等字隸變从舌，實非从口舌之舌也。

栝－小篆作【篆】，隸變作【栝】（夏承碑）。《說文》云：「炊竈木，從木舌聲。」

恬－小篆作【篆】，隸變作【恬】（劉寬碑）。《說文》云：「安也，从心西聲。」段玉裁注曰：「各本篆作【篆】。」

甜－小篆作【篆】，隸變作【甜】（曹全碑）。《說文》云：「美也，从甘舌，舌知甘者。」

謹案：段玉裁注曰：「栝甜銛等字，皆從西聲，西見合部，轉寫譌為舌耳。」西，舌貌，从合省，象形。故知以上諸字本應从西聲，以其形似舌，轉寫譌為舌，隸變从舌，實非从舌得聲。

以上十大類是就常見的偏旁做整體性的分析說明，可知文字隸化之後的形體雖然一致，但追溯其初形本義，即可探知原是由不同篆文變化而來的。

二、部分形體

除了上述十大類外，尚有一些文字中的部分形體篆文相異，卻也變化成相同隸體，茲舉十四例說明如下：

（一）隸體同作「夫」者：

秦－小篆作【篆】，隸變作秦（華山廟碑）。

奉－小篆作【篆】，隸變作奉（孔龢碑）。

奏－小篆作【篆】，隸變作奏（孔龢碑）。

泰－小篆作【篆】，隸變作泰（孔宙碑）。

春－小篆作【篆】，隸變作春（孔宙碑）。

謹案：以上各字分別由【篆】、【篆】、【篆】、【篆】、【篆】等不同的篆文形體隸變作「夫」。

（二）隸體同作「西」者：

要－小篆作【篆】，隸變作要（馮緄碑）。

粟－小篆作粟，隸變作粟（西狹頌）。

覆－小篆作覆，隸變作覆（魏受禪表）。

煙－小篆作煙，隸變作煙（史晨奏銘）。

潭－小篆作潭，隸變作潭（張納功德敘）。

禮－小篆作禮，隸變作禮（北海相景君銘）。

謹案：以上各字分別由㢼、肉、㢹、㢺、㢶、㢸等不同的篆文形體隸變作「西」。

　　（三）隸體同作「主」者：

素－小篆作素，隸變作素（衡方碑）。

表－小篆作表，隸變作表（張遷碑）。

毒－小篆作毒，隸變作毒（斥彰長田君斷碑）。

青－小篆作青，隸變作青（韓勑碑）。

責－小篆作責，隸變作責（東海廟碑）。

往－小篆作往，隸變作注（華山廟碑）。

陵－小篆作陵，隸變作陵（韓勑碑）。

稽－小篆作稽，隸變作稽（費汎碑）。

謹案：以上各字分別由㘱、㝉、㞢、㞣、㞤、㞥、㞦、㞧等不同的篆文形體隸變作「主」。

　　（四）隸體同作「宀」者：

南－小篆作南，隸變作南（孔宙碑）。

牽－小篆作牽，隸變作牽（唐扶頌）。

嘯－小篆作嘯，隸變作嘯（魏受禪表）。

謹案：以上各字分別由㕚、㕛、㕜等不同的篆文形體隸變成「宀」。

　　（五）隸體同作「廾」者：

燕－小篆作燕，隸變作燕（楊震碑陰）。

庶－小篆作庶，隸變作庶（桐柏廟碑）。

展－小篆作展，隸變作展（韓勑碑陰）。

昔－小篆作昔，隸變作昔（鄭固碑）。

散－小篆作散，隸變作散（圉令趙君碑）。

讓－小篆作讓，隸變作讓（郙閣頌）。

講－小篆作𧪄，隸變作講（魏孔羨碑）。

纖－小篆作纖，隸變作纖（馮煥詔）。

謹案：以上各字分別由廿、玨、茻、䊶、𠬜、艸、𢌳等不同的篆文形體隸變成「卅」。

（六）隸體同作「宀」者：

塞－小篆作窓，隸變作塞（袁良碑）。

塞－小篆作塞，隸變作塞（無極山碑）。

謹案：以上二字是由窓、塞等不同的篆文形體隸變成「宀」。

（七）隸體同作「曲」者：

曲－小篆作𠱠，隸變作曲（校官碑）。

農－小篆作農，隸變作農（孔龢碑）。

禮－小篆作禮，隸變作禮（校官碑）。

豐－小篆作豐，隸變作豐（華山廟碑）。

潭－小篆作潭，隸變作潭（周憬碑陰）。

謹案：以上各字是由𠱠、𦥑、曲、𦥑、鹵等不同篆文形體隸變成「曲」。

（八）隸體同作「土」者：

土－小篆作土，隸變作土（曹全碑）。

壯－小篆作壯，隸變作壯（周憬功勳銘）。

靈－小篆作靈，隸變作靈（堯廟碑）、靈（楊君石門頌）。《隸辨》云：「碑變王從土」。

造－小篆作𨐌，隸變作造（孔龢碑）。

害－小篆作害，隸變作害（桐柏廟碑）。

走－小篆作走，隸變作走（桐柏廟碑）。

望－小篆作望，隸變作望（堯廟碑）、望（孫根碑）。

去－小篆作去，隸變作去（北海相景君銘）。

毒－小篆作毒，隸變作毒（楊君石門頌）。《隸辨》云：「碑譌以毒爲毒。」

喪－小篆作喪，隸變作喪（衡方碑）。

寺－小篆作寺，隸變作寺（史晨後碑）。

讀－小篆作讀，隸變作讀（魏上尊號奏）。

謹案：以上各字是由土、士、王、半、丰、夭、㞷、大、㞷、㞷、㞷、光

等不同篆文形體隸變成「土」。

（九）隸體同作「垚」者：

讓－小篆作[篆]，隸變作讓（北海相景君銘）。

展－小篆作[篆]，隸變作展（華山廟碑）。

講－小篆作[篆]，隸變作講（校官碑）。

謹案：以上三字是由[篆]、[篆]、[篆]等不同篆文形體隸變成「垚」。

（十）隸體同作「米」者：

米－小篆作[篆]，隸變作朱（孔龢碑）。《隸辨》云：「說文米象禾實之形，碑變從木，今俗因之。」

黍－小篆作[篆]，隸變作柔（孔宙碑）。

鄰－小篆作[篆]，隸變作鄰（繁陽令楊君碑）。

璠－小篆作[篆]，隸變作璠（楊統碑）。

謹案：以上各字是由[篆]、[篆]、[篆]、[篆]等不同篆文形體隸變成「米」。

（十一）隸體同作「大」者：

奕－小篆作[篆]，隸變作奕（丁魴碑）。

奂－小篆作[篆]，隸變作奂（王純碑）。

樊－小篆作[篆]，隸變作樊（韓勑兩側題名）。

莫－小篆作[篆]，隸變作莫（羊竇道碑）。

冥－小篆作[篆]，隸變作宾（孔霾碑）。

瑱－小篆作[篆]，隸變作填（侯成碑）。

器－小篆作[篆]，隸變作器（裴鏡民碑）。

謹案：以上各字是由[篆]、[篆]、[篆]、[篆]、[篆]、[篆]、[篆]等不同篆文形體隸變成「大」。

（十二）隸體同作「王」者：

旌－小篆作[篆]，隸變作方全（鄭固碑）。

主－小篆作[篆]，隸變作主（北海相景君銘）。

枉－小篆作[篆]，隸變作枉（議郎元賓碑）。《隸辨》云：「說文本作椏從坙，坙從𡳴從土，碑省作主，……碑復變坙從王，今俗因之。」

逞－小篆作[篆]，隸變作逞（孔霾碑）。

謹案：以上各字是由[篆]、[篆]、[篆]、[篆]等不同篆文形體隸變成「王」。

（十三）隸體同作「夕」者：

夕—小篆作 ☐，隸變作 ☐（孔宙碑）。

粲—小篆作 ☐，隸變作 粲（晉辟雍碑陰）。

祭—小篆作 ☐，隸變作 祭（史晨奏銘）。《隸辨》云：「說文祭從示從又
　　持肉，夕偏旁肉字也，碑變從夕。」

謹案：以上三字是由 ☐、☐、☐ 等不同篆文形體隸變成「夕」。

（十四）隸體同作「丌」者：

奠—小篆作 ☐，隸變作 奠（脩華嶽碑）。

與—小篆作 ☐，隸變作 與（曹全碑）。

莫—小篆作 ☐，隸變作 莫（北海相景君銘）。

眞—小篆作 ☐，隸變作 真（韓勑碑）。

謹案：以上四字是由 丌、☐、☐、☐ 等不同篆文形體隸變成「丌」。

篆文隸變同作某形的現象，相對於前一類「分化」的情形，可以說是文字
演變中「整合、同化、類化」〔註45〕的現象。大體而言，文字發展演變的主導
趨勢仍是走向「同化」的路線〔註46〕，此類例子甚多，不勝枚舉，僅舉數例如
上，略作說明。

第四節　隸變方式的類別

在前面五大項隸變現象的分析後，本文將繼之整理出漢字隸變方式的類
別。以下就文字形體結構的變化，分成「損益」、「混同」、「譌變」與「轉易」
等四大項作為分類的基本原則。且在每一大項下，又依其變化內容分類並舉例

〔註45〕詳見王夢華〈漢字形體演變中的類化問題〉（《東北師大學報》，1982 年第四期，頁
　　　70）。此外，趙誠於〈古文字發展過程中的內部調整〉一文中，除了談及「類化」
　　　外，更提出「類變」一詞。不論是類化或類變，都是文字發展走向定型化的必然
　　　現象。因此「以類相從」，「按類而變」，以便於分類統帥文字的體系，減少文字的
　　　特殊形體。

〔註46〕甲、金文一字多形，六國「文字異形」，最後均走向統一的文字形體，倉頡、李斯、
　　　程邈的整理文字，有一部分就是做「同化整合」的工夫。何琳儀《戰國文字通論》
　　　即云：「在戰國文字發展演變過程中，占主導地位的乃是同化趨勢。……戰國文字
　　　同化的總趨使勢，是秦統一六國文字的基礎和條件。」

加以說明。

壹、損　益

　　所謂「損益」，指在隸變過程中，文字結構涉及增加或減省部位之情形。以下據其所增減損益之部位為一完整形體與否，分成增筆、減筆、增形、減形等四種情形來說明。

一、增筆

於篆文字體結構中，增加點、橫、直、撇、捺等不成文之筆畫。例如：

祇－祇→祇（楊震碑）。《隸辨》所錄他碑從氏之字，如底作底（唐扶頌）、抵作抵（張表碑），氏亦作氏（韓勑兩側題名）、氏（華山廟碑），皆增一點。

受－受→受（衡方碑）、受（堯廟碑）。《隸辨》所錄他碑從受之字，如授作授（韓勑碑）、授（衡方碑），綬作綬（侯成碑），皆加橫畫於又上。

伯－伯→伯（戚伯著碑）。此碑所錄其他從亻（人）之字，如仁字作仁，位字作位，侍作侍等，皆加一直畫，變亻作仆。

雉－雉→雉（孔耽神祠碑）。矢，隸書作先，《隸辨》云：「矢，亦作夫、夫，亦作夫，誤從大。亦作矢、矢，經典相承用此字。」此碑復加一撇畫變如上。

外－外→外（史晨後碑）。《說文》本從卜，今碑或變作卜，加一捺畫變如上。

二、減筆

於篆文字體結構中，減省了點、撇、橫、直、捺不成文之筆畫。例如：

輔－輔→輔（孔宙碑陰）。篆文甫本從用父，隸變作甫（韓勑碑陰），此碑復省一點作甫。《隸辨》所錄他碑從甫之字，如脯或作脯（史晨奏銘）、莆或作莆（周憬功勳銘）、溥或作溥（魏孔羨碑），或復省作浦（孫叔敖碑），皆省去一點作甫。

色－色→色（史晨後碑）、色（鄭固碑）。篆文色本從人卩，卩即卩字，此碑則省一短畫作己，與人己字相類。《隸辨》所錄他碑從色之字，

如絕或作 **絶**（衡方碑），亦省一短畫，從色省。

豎－**豎**→**豎**（張遷碑）。篆文豎本從臤豆聲，此碑減一橫畫，省豆作旦。

毒－**毒**→**毒**（楊君石門頌）。篆文毒本從屮毐聲，隸變作**毒**（斥彰長田君斷碑），此碑復省一橫畫變如上。

爾－**爾**→**爾**（綏民校尉熊君碑）。篆文爾本從冂爻尒聲，此碑譌變爻為叕，且省中間一豎畫。

陸－**陸**→**陸**（謁者景君墓表）。篆文陸本從𨸏坴聲，此碑減省坴中之儿作圭。

三、增形

於篆文字體結構中，增加了成文之部件。例如：

麋－**麋**→**麋**（王純碑）。篆文本從米麻聲，碑則變麻從靡，就篆文而言，增加一「非」形。

雲－**雲**→**雲**（郭仲奇碑）。篆文本從雨，云象回轉之形，此碑則復加一「云」變如上。

舞－**舞**→**儛**（脩華嶽碑）。篆文本從舛𣠦聲，此碑則加一「人」旁變如上，廣韻以為儛與舞同。

殿－**殿**→**壂**（華山廟碑）。篆文本從殳屍聲，此碑則加一「土」形變如上，《隸辨》注云：「玉篇壂堂也，集韻云通作殿，周公禮殿記脩舊築周公禮壂，堯廟碑敬脩宗壂，殿皆作壂。」

薦－**薦**→**薦**（孔霩碑）。篆文本從廌艸，此碑則復加一「豕」形變如上。

孰－**孰**→**熟**（白石神君碑）。隸定本作**孰**，又變作孰，此碑則加一「火」形於下作熟。《隸辨》注云：「集韻云隸作孰。熟，徐鉉新修字義云，熟本作孰，後人妄加偏旁，失六書之義。」

四、減形

於篆文字體結構中，減省了成文之部件或以簡單的符號（或偏旁）代替結構繁複的部分。例如：

縫－**縫**→**絳**（郭旻碑）。篆文本從糸逢聲，此碑則省逢作夆，《隸辨》云：「集韻縫或作絳」，其所錄他碑從逢之字，如鏠或作**鋒**（魏大饗碑）、燪作烽（鄭烈碑）、蠭或作**蜂**（李翊夫人碑），皆從逢而省辵

字旁作𥝌。

澀－→歮（楊君石門頌）。篆文本從四止，二正二反，此碑則不反，且省去一止。《隸釋》云以歮為澀，顧南原按：「《說文》作𤀹，不滑也，後人加水於旁，碑省上一止，而復不倒，今俗因之，澀遂作澁。」

普－→立立（嵩山石闕銘）。篆文從日竝聲，如（韓勑碑陰）、（魯峻碑陰），此碑則省日作竝，《金石文字記》云：「竝天，普天也」，乃古人省文也。

顥－→龠頁（韓勑後碑陰）。篆文本從頁籥聲，籥字碑變則省去竹作龠。

麗－→麗（婁壽碑）。篆文本從艸從三鹿，此碑則減去重覆的二鹿，省作從艸從一鹿。

冀－→異（景北海碑陰）。篆文本從北異聲，此碑將北字省作簡單的兩短畫。

繼－→継（陳球後碑）。篆文本從糸𢇍，此碑則將𢇍字省作簡單的迷。

屬－→屬（桐柏廟碑）。篆文本從尾蜀聲，此碑則將尸字下之繁複形構省作禹字。

貳、混　同

所謂「混同」，指文字形體結構在隸變之後，與其他形體或文字產生混淆不清的情形。以下分成「偏旁」、「形體」與「文字」等三方面，將隸變混同的情形舉例加以說明。

一、偏旁混同

部分偏旁因隸變之後，與其他偏旁形體相混的現象，例如：

𨸏、𨸏（阜）字與邑字：二者隸變後用於偏旁皆作「阝」，所不同的是前者位在文字之左邊，後者位在文字之右邊。

郭與敦、醇、淳、鶉等字：前者從，後者諸字皆從，兩者隸變後皆從「享」，產生偏旁相混的情形。

舌與括、活、刮、話等字：後者諸字本從昏構形，隸變後作「舌」，與口舌之字相混不別。

青與服、朕與从肉旁之字：青本从「井」構形，服、朕、朝等字本从「舟」構形，隸變之後與許多从肉旁之字皆作「月」形，產生偏旁混同的現象。

二、形體混同

某些文字的一部分形構，因隸定或隸變後，形體近似而產生混同的現象。例如：

泰、奏、春、秦、奉等字：其篆文形體上半部分別作𡗶、𡘏、𡗗、𡗘、𡙊之形，隸變後皆作「夫」，是形體混同之例。

素、表、毒、青、責等字：其篆文形體上半部分別作𣱢、𧘇、𡴀、𡴀、𣎶之形，隸變後皆作「主」，是形體混同之例。

庶、展、昔、散、燕等字：其篆文形體中部分字體別作廿、𤴓、𦰩、𣏜、𣈜之形，隸變後皆作「廿」，是形體混同之例。

走、去、喪、寺、讀等字：其篆文形體中部分字體別作𡗍、𡗕、𡳿、𡳾、𡴀之形，隸變後皆作「土」，是形體混同之例。

三、文字混同

某些文字，因隸定或隸變後，與其他文字之形體近似而產生混淆不別的現象。例如：

胄與冑、賣與賈、壬與王、萑與雈、股與般、豐與豊、茍與苟、本與本、乞與乙、市與巿、茲與兹、灅（音磊）與灅（音踏）……等，皆是文字混同之例。詳見前節〈隸變現象〉中「篆文各字而隸變易混為一字者」之說明。

參、譌　變

所謂「譌變」，指文字隸變時，破壞了字體形構之變化。至於由圓變方、由曲轉直等筆勢、筆法之改變，則不在此討論之列。

一、偏旁變形

在隸書中，一個字用作偏旁時的寫法，往往不同於獨立成字時的寫法，此與篆文當偏旁或獨立成字均作相同寫法有明顯的差異〔註47〕，這種隸變現象稱之為「偏旁變形」。例如：

〔註47〕詳見裘錫圭《文字學概要》，萬卷樓圖書公司發行，頁103。

人－人在篆文中，不管其所處的位置如何，均寫作「𠰍」。但隸書時，若
　　其位置在文字左旁，則變作「亻」。

心－心在篆文中，不管其所處的位置如何，均寫作「𢙱」。但隸書時，若
　　其位置在文字左旁或下方，則變作「忄」或「小」。

犬－犬在篆文中，不管其所處的位置如何，均寫作「𤝔」。但隸書時，若
　　其位置在文字左旁，則變作「犭」。

邑－邑在篆文中，不管其所處的位置如何，均寫作「邑」。但隸書時，其
　　位置則放在文字右旁，寫作「阝」。

𨸏、𠂤（阜）字－阜在篆文中，不管其所處的位置如何，均寫作「𨸏」或
　　「𨸏」。但隸書時，其位置則放在文字左旁，寫作「阝」。

水－水在篆文中，不管其所處的位置如何，均寫作「𣲘」。但隸書時，若
　　其位置在文字左旁或下方，則變作「氵」或「水」。

二、形近而訛

文字常因彼此形體結構類似而訛變，或因形近而導致傳寫錯誤所造成的情
形。例如：

乖－《說文》作𠅃，从丫从㕚，皆取分背之義。㕚，古文兆字。以兆與
　　北形體相近，故隸書訛變从北。

栗－篆文作𣚊，古文栗作𣡷。查石鼓文作𣚊，上象果實之形，疑古文應
　　作𣡷，以卤與鹵形體相近而誤作𣚊。又因鹵為古文𣆪（西），傳寫訛
　　作𣡷，復竊取古文𣆪从西之意，故隸變作栗。

卤－卤除了因形體與鹵相近，而訛變為西（𣆪）之外，又隸變為卣，《韻
　　會》云：「卣，古作卤。」以其形體相近而變也。後來卣被借為酒尊
　　之義，卣便獨立成字，其原來「艸木實垂卤卤然」之義已不復在。

年－从禾千聲，隸書作秊（孔宙碑）、秊（夏承碑），以隸楷字千與干形
　　體相近而易訛千為干。

三、無義可說者

指文字形體改變的方式，是無法解釋清楚的，可說是一種逸出常理的突
變。這種不依常軌的變化，往往是人們運用文字「苟趨約易」的心理與私意改
造所形成。例如：

襄－**襄**→**襄**（石經論語殘經）。**叜**之變爲**丗**，乃不依常軌而突變。

無－**橆**→**無**（北海相景君銘）、**無**（魏孔羨碑）。**橆**之變爲無，亦不依常軌而突變。

春－**萅**→**春**（尹宙碑）、**卷**（孔謙碣）。**屯**之變爲夫、**屯**，就各體而言，乃不依常軌之突變，但就秦、奏、泰、奉等字全體而言，則屬於篆文形體相近似而類變〔註48〕的例子。

世－**世**→**丗**（富春丞張君碑）、**玹**（唐扶頌）。世之變爲**麦**、**丗**，亦不依常軌而突變。

肆、轉　易

文字隸定或隸變時，並未破壞字體形構，僅僅文字中的部件產生轉向與易位的現象，則統稱爲文字隸變之轉易情形〔註49〕，郭忠恕《佩觿》所謂「隸行」，即包含於其中。

一、轉向

文字隸變後，字體方向的改變。例如：

弼－**弼**→**弼**（張壽碑）。碑變作**弜百**（張納功德敍），此〈張壽碑〉則將右弓反向變如上。

脈－**脈**→**脉**（周憬功勳銘）。篆文脈从肉从反永，此碑則不反，从肉从永變如上。

繼－**繼**→**繼**（衡方碑）。篆文从糸**蠿**，他碑亦多作**繼**（衡方碑）、**繼**（尹宙碑），此碑則反**蠿**爲**蠿**變如上。

官－**官**→**宦**（羊竇道碑）。篆文从宀自，他碑亦作**官**（魯峻碑），或省自作**官**（北海相景君銘）。此碑則復反呂作目變如上。

戕－**戕**→**戕**（沈子琚碑）。篆文从戈爿聲，此碑則反爿爲片變如上。

讎－**讎**→**讎**（度尚碑）。篆文从言雔聲，此碑則反隹爲**亐**變如上。

〔註48〕類變與類化二者關聯密切，而實際上略有不同。趙誠先生於〈古文字發展過程中的內部調整〉一文中有詳細的說明。惟本處並不刻意區別之，乃泛指字體相類而變之情形。趙氏該文收錄於《古代文字音韻論文集》，北京中華書局出版。

〔註49〕河永三先生稱之爲隸體演變的「更易」情形。本類例子多引自河氏所撰《顧藹吉隸辨之研究》一書中，該書爲政治大學中文研究所碩士論文，1987年。

二、易位

文字隸變後，字體部件位置的改變。以下將依其方位改變之情形，分成上下易位、左右易位、上下與左右相互易位、內外易位與不定易位等五類來舉例說明。

（一）上下易位。例如：

崇－**崇**→**宗**（袁良碑）。篆文山在上，宗在下。此碑二者位置互易，移山於宗之下。

憂－**憂**→**憂**（吳仲山碑）。篆文从心頁，頁在心上。碑變作憂（魯峻碑），變頁為百。此碑復移夊於心上。

翥－**翥**→**翥**（議郎元賓碑）。篆文者在上，羽在下。此碑二者位置互易，移羽於者之上。

裔－**裔**→**裹**（張納功德敘）。篆文从衣冏聲，碑變作**裔**（高頤碑）从商，此碑復移商於衣之上。〈陳球碑〉有虞氏之褱，裔亦作褱。

嶽－**嶽**→**嶽**（孔宙碑）。篆文山在上，獄在下。此碑二者位置互易，移山於獄之下。〈衡方碑〉亦置山於獄下作**嶽**。

（二）左右易位。例如：

融－**融**→**蟲鬲**（張表碑）。篆文鬲在左，虫在右，此碑二者位置互易，移鬲於虫之右。

胡－**胡**→**肔古**（駱氏竟銘）。篆文古在左，月在右。此碑二者位置互易，移古於月之右。

蘇－**蘇**→**蘇**（徐氏紀產碑）。篆文从艸穌聲，穌字魚在左，禾在右，此碑二者位置互易，反穌作穱，移魚於禾之右。

穆－**穆**→**穆禾**（魯峻碑）。篆文禾在左，㣎在右。此碑二者位置互易，移禾於㣎之右。亦有移禾於右，復省㣎為㿝作**㿝禾**（魏元丕碑）。

猷－**猷**→**酋犬**（袁良碑）。篆文酋在左，犬在右。此碑二者位置互易，移酋於犬之右，或作**猷**（白石神君碑）。《隸辨》注云：「玉篇猷與猶同，爾雅釋詁話猷載行訛言也。釋文云猷字亦從犭，書盤庚其猶可撲滅，古文尚書作猷，蓋猶即猷字，移犬於左耳。」

（三）上下與左右相互易位。例如：

基－**基**→**棋**（督郵班碑）。篆文木在其下，此碑移木於其之旁。

齋－［篆］→禶（桐柏廟碑）。《說文》云：「齋，从示齊省聲」，示在齊省之內，此碑則不省齊，復移示於齊之旁。字書無禶字。

攀－［篆］→攀（繁陽令楊君碑）。《說文》［篆］（攀），或从手从樊作攀，此碑移手於樊之下，復省手作廾。《隸辨》注云：「類篇攀亦書作攀。」

懈－［篆］→懸（張納功德敘）。篆文心在解旁，此碑移心於解之下。

巖－［篆］→巖（無極山碑）。篆文山本在嚴之上，此碑移山於嚴之旁。魯峻碑亦作巖。

（四）內外易位。例如：

恆－［篆］→恒（郙閣頌）。篆文從心，舟在二之閒上下，隸定作恆。或變舟為日作［篆］（樊敏碑），《佩觿》云：「亘字從二間舟，今之隸書轉舟為日。」此碑復移心於亘之旁。

楚－［篆］→楚（樊敏碑）。《隸辨》云：「篆文從足，變隸作疋，碑譌從足」，碑或作楚（魏三體石經左傳），或作楚（郙閣頌）、楚（老子銘），此碑移足於二木之中。

夙－［篆］→夙（北海相景君銘）。篆文从丮从夕，碑或省丮作［篆］（鄭季宣碑），此碑復移夕於省丮之中。

弼－［篆］→弼（張遷碑）。《說文》弼从弜西聲，西在弜之右。碑亦作弼（周憬功勳銘），或變西為百作弼（張納功德敘），此碑復移百於弜之中作弼。

礫－［篆］→礫（靈臺碑）。篆文从石樂聲，《隸辨》云：「礫，即礫字」，此碑移白於上，且省白從日作礫。

（五）不定易位。例如：

貨－［篆］→貨（西狹頌）。篆文从貝化聲，化在貝上，此碑則移化所從之亻於字之左旁。

爵－［篆］→爵（武班碑）。篆文中彐（寸）位於爵字之右下方，此碑則移寸於字之左旁。

襲－［篆］→襲（袁良碑）、襲（魏受禪表）。篆文中从衣龘（二龍）省聲，龍位於衣字之正上方，碑變則移衣於右下或置於龍之中。

藝－［篆］→藝（王元賓碑）。《隸辨》注云：「說文作埶，從坴丮。徐鉉新修字義云：藝本只作埶，後人加艸云，義無所取。」隸作藝（北海相

景君銘）、藝（張表碑），云皆在正下方，此碑移云於右下。

野－野→埜（孫叔敖碑）。篆文从里予聲，里在予之左。里從田從土，土本在野字之左下方，此碑則移土於字之正下方。

彝－彝→𤬃（孔宙碑）、𤬃（魏孔羨碑）。篆文从廾持之，廾在字之正下方。廾，或變作大。此二碑一從廾，一從大，皆移至彝字之左下方。

巍－巍→委鬼（孔龢碑）、魏（史晨奏銘）。篆文从嵬委聲，山在鬼之上，此二碑則移山至鬼之左下方。

文字隸變的方式雖有以上四大項十六類，但文字由篆改隸的情形相當複雜，一個文字的改變，它可能包含了兩、三種隸變的方式。茲舉三例說明如下：

一、弻字，隸碑或作弻（周憬功勳銘），或作弻（張納功德敘），或作弻（張遷碑），或作弻（張壽碑）。其中就包括了改𠧪為百之字形相近譌變、百移於弜中之內外易位，與右弓之轉向等三種隸變方式。

二、顯字，隸碑或作顯（孔宙碑），或作顯（景北海碑陰），或作顯（嚴發殘碑），或作顯（魯峻碑陰），或作顯（綏民校尉熊君碑）。其中就包括了減筆、減形與改日為田之字形譌變等三種隸變方式。

三、鄰字，隸碑或作鄰（繁陽令陽君碑），或作陵（韓勑兩側題名），或作隣（郙閣頌），或作鄰（韓勑兩側題名），或作𨛬（魏橫海將軍呂君碑）。其中就包括了改米為屮、改㐄為丰之字形譌變、移阝於左側之左右易位，與無義可說的字形突變。

因此，以上雖分成多類來舉例論說，但均僅由隸變現象中的大致情形來歸類，其彼此間多少仍有些關聯，特說明如上。本節經由隸變現象的觀察，整理出隸變方式的種類。繼之，將藉由前兩節的分析，在下一節中歸納出「隸變的規律」。

第五節　隸變的規律

在前面觀察過篆隸演變過程中的各種現象，並整理出隸變的類別之後，我們可以進一步歸納出篆隸演變的規律。「繁化」與「簡化」是漢字形體演變中

最基礎的兩種方式，也是一切漢字演變共有的現象〔註 50〕。然隸變現象層出不窮，絕非繁、簡二式所能道盡。關於探討隸變方法詳盡而最常被引用的，當屬吳白匋先生於〈從出土秦簡帛書看秦漢早期隸書〉一文中提出的十一種隸變法則〔註 51〕。之後裘錫圭先生在隸書對於篆文形體的改造方面，也提出五種方式〔註 52〕。吳、裘二氏之分類，是就篆隸演變的現象，作平面式的羅列歸納，歸結其意，大致上是以筆畫變化，結構省減為隸變過程中之主要趨勢，但二者皆忽略了隸變中分屬不同層次的現象，其分析稍嫌粗略而籠統。

首先注意到隸變現象中層次與條理的問題者，是較早的蔣善國先生。蔣氏於《漢字形體學》對隸變過程提出了兩特點、四方式，及其所謂「小篆與隸書的對應律」之一百五十類偏旁變化〔註 53〕。但蔣氏對於他所提出的兩特點、四方式與一百五十類的偏旁變化，其彼此間具有何種的層次關聯，並未詳加說明。本文擬依各家對隸變方式之討論，作一整合性之探索，試圖對紛雜的隸變現象歸納出一層次分明、條理清晰的規律。綜合前文對隸變現象的分析看來，書體筆勢、形體結構與文字運用是隸變規律的三大表現。本文將從這三方面來作詳細的說明與討論。

壹、書體筆勢的變化

書體筆勢上的改變，是就指書法藝術風格上的變化。書法藝術包括有筆法、筆勢和筆意三方面，講究字體的長短疏密、筆畫的肥瘦方圓。隸變在書體筆勢上的表現，自然有別於形體結構上的變化。隸書在書體藝術上的變化可就以下三方面來看：

一、改圓轉為方折

篆文的標準寫法，應該筆筆勻圓，粗細一致。每一下筆，應屢屢回旋，使之圓轉。筆鋒為藏圓帶勁的用筆，書法中有所謂的「筆筆中鋒」，意即每一點畫

〔註50〕 梁東漢先生於《漢字的結構及其流變》一書中，對漢字繁化與簡化的現象有著詳細的說明。上海教育出版社，頁 42。

〔註51〕 詳見吳白匋先生〈從出土秦簡帛書看秦漢早期隸書〉一文，刊載於《文物》，1978 年第二期，頁 48～54。

〔註52〕 詳見裘錫圭《文字學概要》，萬卷樓圖書公司發行，頁 102～104。

〔註53〕 詳見蔣善國《漢字形體學》，上海教育出版社發行，頁 184。

都要把筆鋒放在中間行動。筆筆中鋒，點畫自然無不圓滿可觀〔註54〕。隸書多使用方筆，開始注意捺筆與橫筆「蠶頭雁尾」的筆勢運用，起筆有明顯的藏鋒，橫畫末端往往稍有露鋒之勢，且捺筆亦將筆鋒按下而略爲向下伸展〔註55〕。

二、變曲線爲直線

篆文的線條大都是勻圓勾轉，筆畫弧度較多。隸書將圓轉的筆勢改爲方折，將不規則的曲線改爲直線，一筆直下，不再刻意回旋轉彎。於是勻圓的篆文筆勢，到了隸書便成了點、橫、撇、捺、折，筆畫趨向平正方直，有了「挑法」、「波勢」和「波磔」的筆勢特徵〔註56〕。

三、結體由規整長方變爲寬扁格局

篆文的結構一般大小等間，以長形爲主，約呈一格半的光景〔註57〕。隸書在進入西漢之後，有了進一步的發展。字體形態由規矩嚴整的篆文，向左右開展，逐漸走向橫平豎直、體形扁方的隸體。輪廓由長方或正方轉變爲扁方，筆畫中出現了較多的波磔，有所謂「蠶頭雁尾」的結構形態之稱。事實上，隸體之呈現寬扁格局，正是爲了突顯其蠶頭、雁尾之筆勢特徵。

以上三方面，彼此間相互關聯，相輔相成，都是字體隸變後呈現出與篆文不同的書體藝術與風格。參見本章附圖三〔註58〕。

貳、形體結構的變化

從篆文到隸書的過程，隸書表現出來最明顯的變化，就是破壞或改變了篆文原有的形體結構，以下將分成九點情形，舉例加以說明。

一、尚未破壞文字結構，僅僅改變篆文部件原來位置的安排

爲了行款美觀或字體本身內部結構的平衡，在隸變的過程中，某些篆文部件的位置被改變了，或左或右，或上或下，或內或外，還有部件方向的轉向。

〔註54〕詳見沈尹默〈書法論〉一文，刊載於《現代書法論文選》，上海書畫出版社發行，頁3～4。

〔註55〕詳見徐富昌《漢簡文字研究》，政治大學中文研究所碩士論文，1984年。

〔註56〕詳見裘錫圭《文字學概要》，萬卷樓圖書公司發行，頁98。

〔註57〕詳見唐濤《中國歷代書體演變》，臺灣省立博物館印行，頁97。

〔註58〕附圖引自唐濤《中國歷代書體演變》，臺灣省立博物館印行，頁99～105。

即前文「隸變的類別」中「轉易」類。例如：

嶽－→（孔宙碑）：山與獄上下互易。

朗－→朗（白石神君碑）：月與良左右互易。

纍－→繃（周憬功勳銘）：晶與糸由上下組合轉爲左右組合。

愆－→（桐柏廟碑）：心由衍之下轉入行之內。

墮－→隓（魏孔羨碑）：土轉入隋中。

繼－→繼（衡方碑）：𢆶轉向爲𢆶。

二、將分立的篆文筆畫銜接起來

筆畫能連接的就連接起來，且多作橫向連筆，此即吳氏云「改斷爲連」。例如：

者－→者（孔龢碑）、者（華山廟碑）、者（衡方碑）：→米→→。

沛－→沛（張遷碑）：氵連成冂。

巢－→巢（韓勑兩側題名）：臼連成日。

靈－→靈（史晨奏銘）：配點連成一橫畫。

志－→志（景北海碑陰）：屮連成土。

冄－→冄（鄭固碑）：冄與冄同，文中連成冄。

角－→角（逢盛碑）：人連成土。

將分立的篆文筆畫銜接起來，是爲了便於書寫，把圖畫式的筆畫改爲線條式的筆畫，並且維持文字結構的穩定。線條多作橫向連筆，字體漸次向橫勢拓張而形成寬扁的格局。「橫勢」之發展，可謂貫串隸變的全程〔註59〕。

三、將原本一筆連下的篆文筆畫，截爲兩筆或數筆

筆畫能拆開的就拆開，即吳氏云「改連爲斷」。例如：

勿－→勿（義井碑陰）

己－→己（北海相景君銘）

千－→千（韓勑碑）

長－→長（武榮碑）

〔註59〕詳見謝宗炯《秦書隸變研究》，成功大學歷史語言研究所碩士論文，1989 年。

心－[篆]→心（魏上尊號奏）

豈－[篆]→豈（北海相景君銘）

虫－[篆]→虫（楊君石門頌）

斤－[篆]→斤（新莽候鉦）

此類將原本一筆連下的篆文筆畫，截為兩筆或數筆，筆畫雖然增加了，但實際上書寫的速度加快了許多，仍舊符合便捷的要求。

四、將篆文的短畫改為點

犬－[篆]→犬（孔龢碑）：ㄑ改為一點。

寺－[篆]→寺（周公禮殿記）：一改為一點。

燕－[篆]→燕（楊震碑陰）：火改為四點。

武－[篆]→武（尹宙碑）：J改為一點。

馬－[篆]→馬（韓勑碑陰）：改為四點。

五、為書寫方便、美化字形或因形近訛譌而省改或增添筆畫

屈－[篆]→屈（鄭固碑）：為書寫簡捷而省減了毛。

中－中→中（戚伯著碑）、[篆]（劉脩碑）：四周加上飾筆。

神－[篆]→神（孔耽神祠碑）：為書寫方便而改為申。

繼－[篆]→継（陳球後碑）：為書寫簡捷而改[篆]為迷。

暴－[篆]→暴（西狹頌）：為書寫簡捷而改暴為暴。

栗－[篆]→栗（柳敏碑）：卤與鹵（西）形近而譌，故枣變為栗。

乖－[篆]→乖（郭仲奇碑）：乖本從兆，因兆與北形近而譌，隸變從北。

六、省減篆文繁複的結構

在籀篆之變的過程中，小篆已經省減了許多繁複的籀文形構，但仍少許小篆保留著繁複的形體。隸書興起後，又再度省減小篆的形構。例如：

集－[篆]→集（魏上尊號奏）：篆文從三隹，隸書省減為集。

靁－[篆]→雷（武榮碑）：篆文從晶，隸書省減為雷。

麤－[篆]→麤（婁壽碑）：篆文從三鹿，隸書省減為麤。

纍－[篆]→累（史晨奏銘）：篆文從晶，隸書省減為累。

濕－[篆]→濕（郙閣頌）：篆文從二糸，隸書省減為濕。

質－質→貭（北海相景君銘）：篆文从二斤，隸書省減爲貭。

七、將相同的篆文形體做不同的隸體變化

文字隸定（隸變）過程中，由同一篆形演變成不同隸體的情形相當的多，同時，相同的篆文偏旁，常有許多不同的隸書形體，而且會因其所處的位置有異，而有不同的變化。甚至，篆文偏旁在文字中所處的位置即使相同，也可能隸變成不同的形體。這是篆文隸定（隸變）過程中形體分化的情形。其例詳見前文〈隸變的現象〉中「由相同的篆文形體隸變成多種不同形體」之說明。

八、將不同的篆文形體變化作相同的隸體

此乃吳氏云「將幾個形體繁複而約略近似的篆文，以一個隸體符號來總括之」，如泰、奏、春、秦、奉等字，篆文各有　、　、　、　、　等不同形體，而隸變同作「夫」。篆文隸變同作某形的情形，是文字演變中「同化、類化」的現象。其例詳見前文〈隸變的現象〉中「由不同篆文形體隸變成相同的形體」之說明。

九、無義可說的突變

部分篆文形體在隸變過程中，不依常軌而變，沒有規律及線索可尋者，則以無義可說的突變〔註60〕來規範之。例如：

1. 綴－　→綴（史晨奏銘）：　變作叕，沒有規律及線索可尋。
2. 曹－　→曹（校官碑）、曹（柳敏碑）、曹（桐柏廟碑）、曹（夏承碑）：由　變作曹，含有簡省爲曹之過程。
3. 舜－　→舜（費鳳碑）、舜（魏元丕碑）、舜（帝堯碑）、舜（學師宋恩等題名）：由舜變爲舜，含有省變爲舜之過程。
4. 泰、奏、春、秦、奉等字之　→夫，　→夫，　→夫，　→夫，　→夫，皆突變之例。

〔註60〕蔣善國於《漢字形體學》言隸變四方式爲「簡變（轉變）、省變、譌變與突變」。但是突變並非單獨存在的現象，謝宗炯《秦書隸變研究》以爲突變常基於轉變與省變，而且常帶有類化的因素存在。如舜之變爲舜，貌似突變，其實尚有省變爲「舜」之過程。

參、文字運用造成的隸變

廣義來說，文字的運用也常是造成篆隸形體變化的原因，本文將分成「假借的運用」、「事類或形體相近之偏旁互相通用」、「正俗字與古今字」等三方面，來探討文字運用所造成隸變的情形。

一、假借的運用

下分「借代」、「用字假借」兩點來說明。

（一）借代

此即胡秉虔《說文管見》中云：「有篆文如此作而隸體不能成字者，則以同聲之字代之」，劉申叔先生於《中國文學教科書》亦云：「篆之字有變爲隸而不復成形者，則假借以通之。假借之途既啓，于是悉破篆文謹嚴之例，而惟其所用。」例如：

1. 以突代𡴀

篆文本作「𡴀」，隸定作「𡴀」，本字未通行，則以同聲之「突」字代之。引《易經》「突如其來，如不孝子突出，不容於內也」來證明以突代𡴀，謂《周易》之突即倉頡之𡴀也。

2. 以包代勹

篆文本作「勹」，隸定作「勹」，本字未通行，則以同聲之「包」字代之。《說文》下文釋曰「裹也，象人曲形，有所包裹」，證明隸書時已用包代勹。

〔註61〕

3. 以函代弓

篆文本作「弓」，隸定作「弓」，本字未通行，則以同聲之「函」字代之。《說文》下文釋曰「嘾也，艸木之華未發函然」，證明隸書時已用函代弓。

（二）用字假借

「用字假借」而造成之隸變情形，茲舉三例說明如下：

1. 滅與威

滅字，篆文本從水威聲，隸體或省水作**威**（靈臺碑），《隸釋》云以威爲

〔註61〕 王鳴盛《蛾術編‧卷十七‧訓釋用隸書》云「正文用古文籀文篆文，小字夾注用隸書」，知許慎《說文》之體例乃上標古籀篆文，其下則用隸書來說明。許君釋字即以包代「勹」。

滅，顧南原按：「《古文尚書》滅皆作威，《詩·小雅》『褒似威之』，《釋文》云：『威本又作滅』」。故知經籍中或作滅，或作威，乃用字假借之故。

2. 秩與䶂

清·吳照《說文偏旁考》云：「說文豐部䶂字下引虞書曰平䶂東作，隸變以秩代䶂，䶂字遂廢。」段玉裁注「䶂」字云：「今尚書作平秩，史記作便程，周禮鄭注引書作辨秩，許作平䶂，䶂蓋壁中古文之字如此。」〔註62〕故知，經籍中或作秩，或作䶂，吳氏云「隸變以秩代䶂」，實乃用字假借之故。

3. 歇與渴、渴與竭、竭與揭

歇，欲飲歠也；渴，盡也；竭，負舉也；揭，高舉也，其本義如此，然今隸書欲飲之字不用歇字，通作渴，如《隸續》所錄遺碑〈李氏鏡銘〉「渴飲玉泉飢食□」即用**渴**，不用歇字。又以竭為渴盡之義，而負舉之字通用揭。段玉裁注「歇」字云：「渴者，水盡也，音同竭。水渴則欲水，人歇則欲飲，其意一也。今用竭為水渴字，用渴為飢歇字，而歇字廢矣，渴之本義廢矣。」謹案：歇，苦葛切，十五部，聲類為牙音溪紐。渴，其列反，十五部，聲類為牙音群紐。竭，渠列切，十五部，聲類為牙音群紐。揭，去例切，十五部，聲類為牙音溪紐。以上四字均為牙音，發聲部位相同，且韻部均在十五部，故歇假渴為之，渴假竭為之，竭假揭為之也，亦皆用字假借所造成。

謹案：本例所用切語及韻部，以清儒段玉裁之《說文》注本為據。

以上兩種情形，皆文字假借所造成。在隸書產生之前，文字的假借已相當盛行；由於文字的假借，使得篆隸演變更加多元化，故清儒胡秉虔有所謂「篆文一字而隸書分為數字」的說法〔註63〕，事實上也就是文字運用中之假借所造成的。

〔註62〕《古文尚書》中作「平䶂」，《今文尚書》作平秩，《周禮》鄭注引《書》作「辨秩」。案：「辨秩」即辨明區別其次第，平字當作「辨」為是，因辨之古文作华，其形體與乑（平）形近相譚，故經籍多訛作「平」。

〔註63〕清儒胡秉虔《說文管見》言，常之孳乳常與裳，或之孳乳或與域，它之孳乳它與蛇，臚之孳乳臚與膚，帥之孳乳帥與帨，昔之孳乳昔與腊，為「篆文一字而隸書分為數字」實皆文字假借所產生。引自《說文解字詁林正補合編·前編下·篆隸之變》，臺北：鼎文書局印行，頁 1-1134～1-1136。

二、事類或形體相近之偏旁互相通用

「事類或形體相近之偏旁互相通用」而產生之隸變情形，茲舉四例說明如下：

1. 敘－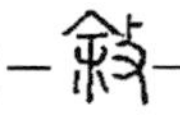→（老子銘）、（北海相景君銘）。篆文攴與又均爲手的動作，兩者事類相近，故通用之。
2. 稟－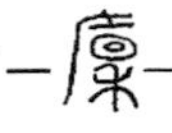→（魏三體石經）、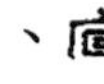（州輔碑陰）。以禾與米事類相近而通用之。
3. 改－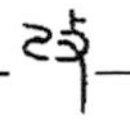→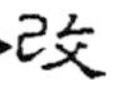（夏承碑）、（北海相景君銘）。以攵與殳形體相近而通用之。
4. 既－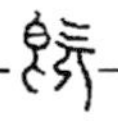→（華山廟碑）、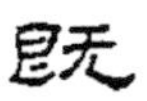（史晨後碑）。以旡與无形體相近而通用之。但《經典釋文》序例云：「將无混旡，便成兩失。」

三、正俗字與古今字

「正俗字與古今字」而產生之隸變情形，茲舉五例說明如下：

1. 肇－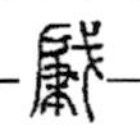→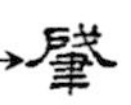（樊敏碑）、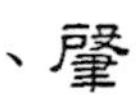（衡方碑）。段玉裁注云：「後漢書作肈。……古有肈無肇，從戈之肈漢碑或從殳，俗乃從肈作肇。肈與肇爲正俗字。
2. 體－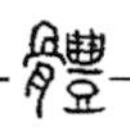→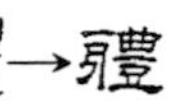（靈臺碑）、（張遷碑）：《隸辨》按「玉篇軆俗體字」。體與軆爲正俗字。
3. 泥－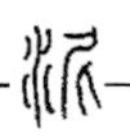→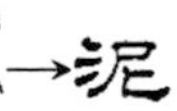（李翊夫人碑）、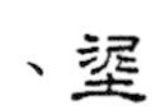（費鳳別碑）：《隸辨》按「玉篇埿埿塗也，廣韻埿俗泥字」。泥與埿爲正俗字。
4. 壻－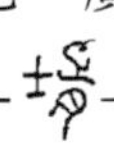→（唐公房碑）。《干祿字書》云：「聟俗壻字」，《禮記・昏義》：「壻執鴈入」，《釋文》云：「壻，本又作聟」。《隸辨》云：「說文壻從胥，諸碑書胥爲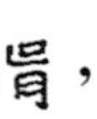，此碑復變爲咠。」《金石文字記》云：「壻字一傳爲，再傳爲堲，三傳爲聟，四傳爲聟，皆胥之變也。」壻與聟爲正俗字。
5. 繫－→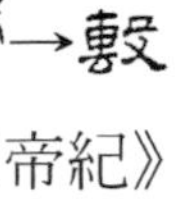（北海相景君銘）。篆文本從糸毄聲，碑則省糸作毄，《漢書・景帝紀》「無所農桑毄畜」，師古曰：「毄，古繫字。」毄與繫爲古今字。

文字的演變是緩慢、漸進的，並非一蹴可幾。文字雖經隸變，事實上在秦

漢時代，仍有許多文字是正、俗字二體並用，而且是相當普遍的。例：井字，小篆作「井」，隸體中有井（天井道碑）、井（史晨後碑）。而且變與未變之字體，也往往同時存在。例：舜字，小篆作「舜」，隸體中同時有舜（脩華嶽碑）、舜（費鳳碑）二體；又如襄字，小篆作「襄」，隸體中也有襄（尹宙碑）、襄（石經論語殘經）二體同時存在。

　　文字隸變之後產生的現象，紛繁眾多，層出不窮，仍有許多單一現象無法歸納整理，諸如有些文字在隸定之後，本字卻不通行，但仍可由其他字形中見到。例：㐬，隸定作去，本字未通行，然而在「育」、「疏」、「棄」等字中可見到。有字形隸變之後，被假借作他義者，本義卻不再使用。例：卤隸變作卣，本義「木實垂者」被假借作酒尊之義，本義已不顯。這些小問題仍是值得我們注意的。在眾多隸變問題探討之後，吾人當知文字演變之紛繁，實難以有限之文字一一道盡。本文謹參酌諸家之說，作整合探究，歸納出一層次分明、條理清晰之隸變規律，由此大致可以一窺漢字演變的情形。

附圖一

秦：

黍：

犬：

虎：

羔：

牡：

鹿：

附圖二

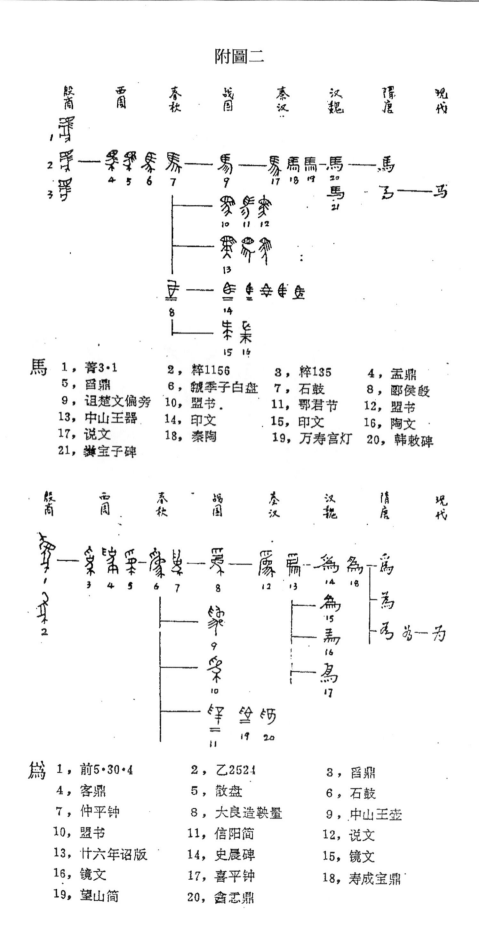

馬
1，菁3·1　　　2，粹1156　　　3，粹135　　　4，盂鼎
5，昌鼎　　　　6，虢季子白盤　7，石鼓　　　　8，郘侯段
9，詛楚文偏旁　10，盟書．　　　11，鄂君節　　　12，盟書
13，中山王器　　14，印文　　　　15，印文　　　　16，陶文
17，說文　　　　18，秦陶　　　　19，萬壽宮燈　　20，韓敕碑
21，爨寶子碑

為
1，前5·30·4　　2，乙2524　　　3，昌鼎
4，客鼎　　　　5，散盤　　　　6，石鼓
7，仲平鐘　　　8，大良造鞅量　9，中山王壺
10，盟書　　　11，信陽簡　　　12，說文
13，廿六年詔版　14，史晨碑　　　15，鏡文
16，鏡文　　　17，熹平鐘　　　18，壽成寶鼎
19，望山簡　　　20，龕忘鼎

附圖三

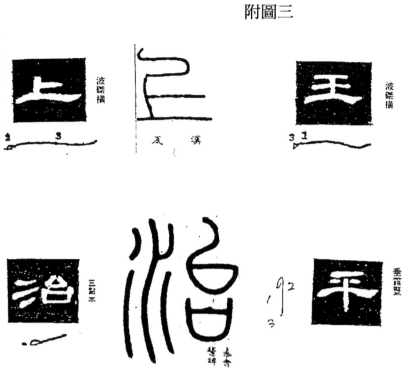

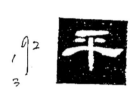

第五章　文字隸變後產生的影響

第一節　造成文字說解歸部上的歧誤

　　文字隸變之後，由於形體結構已改變，古文之象形意味已消失，先民制字之義亦已湮滅不顯，因此容易造成文字說解歸部上的歧誤，本節將分成「字形不可解說」、「喪失六書之旨」、「難以求知文字之本義」、「使文字無部可歸」等四方面來說明其歧誤之情形。

壹、字形不可解說

　　本文就「字形不可解說」部分，列舉五例以說明之。

一、鬥

　　篆文作𣁷，《說文》云：「兩士相對，兵杖在後，象鬥之形。」段玉裁注曰：「當云爭也，兩丮相對，象形，謂兩人手持相對也。……文從兩手，非兩士也。」鬥，爭也，士卒相爭戰也。卜辭作𣁷（北京大學藏甲初稿 2.22.2）、𣁷（殷虛文字甲編 1157）、𣁷（殷虛文字乙編 6988），卜辭諸字皆象二人相搏，無兵杖也（羅振玉語）〔註1〕謂文象二人相對徒搏之形。然隸變作𣁷（孔廟碑），從二王及丨丨（此二豎爲未成文之形），字形不可解說矣。

─────────────

〔註1〕詳見李孝定《甲骨文字集釋》卷三，「鬥」字，頁0889～0890。

二、重

篆文作 🈺 ，从壬東聲，訓厚也、複也、大也，引申爲輕重、重疊之字。隸定本應作𡍼，今隸變作 重（韓勑碑陰）、重（魏上尊號奏），隸體似从千从里，不復見从壬之形，字形不可解說矣。

三、失

篆文作 🈺 ，从手乙聲，訓縱逸之義。段玉裁注曰：「在手而逸去爲失」，隸變作 失（鄭固碑）、失（校官碑），不見从手之義，且與从矢之字相混無別，其字形不可解說矣。

四、勳

篆文作 🈺 ，其所从之熏，篆文作 🈺 ，謂火煙上出也。从屮从黑構形，屮象煙上出之形，而隸變作 勳（北海相景君銘）、勳（郙閣頌）、勳（武梁祠堂畫象），《隸辨》云：「諸碑熏省爲重，碑復變重爲童」，不復見屮煙上出之形，字形不可解說矣。

五、前

篆文作 🈺 ，《說文》云：「不行而進謂之歬，从止在舟上。」从止在舟上，即乘舟而行，故有不行而進之意。隸變作 前（華山廟碑）、前（衡方碑）、前（孔龢碑），隸體不復見从止在舟上之形，字形不可解說矣。

貳、喪失六書之旨

在成熟的六書理論形成之前，根據典籍文獻的記載，對分析漢字形體結構之說，早在東周時代就已經有了。如《左傳・昭公元年》：「於文，皿蟲爲蠱」、《左傳・宣公十二年》：「於文，止戈爲武」、《左傳・宣公十五年》：「故文，反正爲乏」、《韓非子・五蠹》：「自環者謂之私，背私謂之公」等，惟尚未有眞正分析漢字形體結構之理論形成。「六書」一名，最早出現於《周禮・地官・司徒・保氏》：

> 保氏掌諫王惡，而養國子以道，乃教之六藝：一曰五禮；二曰六樂；
>
> 三曰五射；四曰五藝；五曰六書；六曰九數。〔註2〕

〔註2〕見《十三經注疏・周禮》卷十四，頁212。

但其僅在「五曰」下標出「六書」一名，既未列其細目，亦未作解釋，無法了解「六書」的具體內容。眞正涉及漢字形體結構的六書說，起源於漢代。《漢書、藝文志》云：

> 古者八歲入小學，故周官保氏掌養國子，教之六書，謂象形、象事、
> 象意、象聲、轉注、假借，造字之本也。〔註3〕

之後許慎又給六書下了定義，並且舉例說明，使後人能眞正了解六書的具體內容。他說：

> 《周禮》八歲入小學，保氏教國子先以六書。一曰指事：指事者，
> 視而可識，察而見意，上、下是也。二曰象形：象形者，畫成其物，
> 隨體詰詘，日、月是也。三曰形聲：形聲者，以事爲名，取譬相成，
> 江、河是也。四曰會意：會意者，比類合誼，以見指撝，武、信是
> 也。五曰轉注：轉注者，建類一首，同意相受，考、老是也。六曰
> 假借：假借者，本無其字，依聲託事，令、長是也。〔註4〕

「六書」是分析漢字形體結構的六項造字法則，許慎的六書理論，就是以當時的正體——「小篆」爲標準字體進行字形分析而歸結出來的。其六書說雖未盡然正確，但在中國文字學史上確實有其深遠的影響，後人凡探討漢字形體結構者，都必須在六書的理論下來展開討論的。直至隸書改變篆文形體，破壞漢字結構後，隸楷文字已多半未能符合六書之條例。所以林尹先生說：「及由小篆一改而成隸書，六書的原則受到嚴重的破壞，許多字因此不能看出造字的道理來。」〔註5〕以下將就文字隸變之後，喪失六書之旨的情形，列舉六例詳細加以說明。

一、燕

篆文作燕，《說文》云：「籋口、布翄、枝尾，象形。」以廿象籋口，北象布翄，燕尾象枝形，以火象之〔註6〕，字爲全體象形，隸變作燕（楊震碑陰），

〔註3〕見《漢書補注》卷三十，頁885。

〔註4〕詳見《說文解字・敘》。

〔註5〕詳見林尹《文字學概說》，頁222～223。

〔註6〕段玉裁注「燕」與「魚」下曰：「與魚尾同」、「其尾皆枝，故象枝形，非从火也」，
見《說文解字》，頁587、580。

已不見籥口、布狄、枝尾之形，難察其爲「獨體象形」之旨。

二、黃

篆文作黃，許愼據陰陽五行之說來解字，謂「地之色也」，其說不足探信。郭沫若先生說黃爲佩玉之象〔註7〕。黃字，甲骨文作黃（殷虛書契續編1.53.1）、黃（殷虛書契續編1.47.2），後借爲方名，加繁文口，金文形變作黃（毛公鼎）、黃（師奎父鼎）、黃（叔單鼎），上象繫玉的繩結，中象美玉，下象繫玉下垂的餘繩，正像佩玉之實像〔註8〕，爲一獨體象形文。隸變作黃（陳球碑陰）、黃（北海相景君銘）、黃（魯峻碑）、黃（魏受禪表），已不見其據實像而造之字形，難察其爲「獨體象形」之旨。

三、黑

篆文作黑，《說文》云：「火所熏之色也，从炎上出𡆦。」段玉裁注曰：「熏者火煙上出也，此語爲从言起本」、「會意」。𡆦，古文「囪」字，其文正象煙囪之形，爲獨體象形。炎，从二火構形，且與火又無聲音上關係，爲一同文會意字。以「𡆦」與「炎」二字相合成一新字「黑」，形成一「火所熏之色也」的新義，黑與𡆦、炎二字無聲音上的關係，屬於一異文會意字。隸變作黑（祠孔廟奏銘），已不見其構字之原形，亦難察其爲「異文會意」之旨。

四、邑

篆文作邑，許愼謂「从口从卪」爲會意，但其釋形有誤。邑字甲骨文作邑（簠室殷契微文8.45）、邑（殷虛文字乙編8674），金文作邑（北伯敦）、邑（公違鼎），都是由口與人所組成，羅振玉言：「凡許書所謂卪字，考之卜辭及古金文，皆作邑，象人跪形。邑爲人所居，故从口从人。」〔註9〕口與人均爲獨體象形，二者相合成一新字，且該字與口、人均無聲音上關係，屬於一異文會意字。

〔註7〕詳見李孝定《甲骨文字集釋》。郭沫若云：「彝銘中錫命服之例，多以市黃對言，如『赤市朱黃』、『赤市幽黃』、『赤市蔥黃』、『介市金黃』……。凡四十二例均一律用黃字，無一例外。其於典籍市則作芾若紱、韍，黃則作珩若衡，可知黃、珩、衡爲一物。」魯實先先生於《轉注釋義》亦云：「黃借爲色名，故孳乳爲璜、珩。」詳見該書，頁10。

〔註8〕詳見蔡師信發《辭典部首淺說》，「黃」字，頁220。

〔註9〕詳見李孝定《甲骨文字集釋》卷六，「邑」字，頁2165～2166。

隸變作㠯（孔宙碑陰）、㠯（韓勅碑）、㠯（魏孔羨碑），已不見其構字之原形。又邑用作偏旁，處於文字之右側時，多隸變作「阝」，如鄙作鄙（劉寬碑陰），郙作邦（武都丞呂國等題名），均難察其為「異文會意」之旨。

五、飛

篆文作飛，《說文》云：「鳥翥也，象形。」段玉裁注曰：「像舒頸展翄之狀」。依篆文形體上象鳥之首，左右像翅膀向外揚舉，中間一豎像其身、尾。全字正像鳥兒舒頸展翄、奮力上衝之狀〔註10〕，為一獨體象形文。隸變作飛（周公禮殿記）、飛（夏承碑）、飛（郭究碑），已不見其構字之原形，難察知其為「獨體象形」之旨。

六、革

篆文作革，《說文》云：「獸皮治去其毛曰革。革，更也，象古文革之形。」其古文作革（宰辟父敱）、革（說文解字古文），魯實先先生云：「革與古文之革，并象張革待乾之形。」〔註11〕依篆文形體上象獸頭，中象其腹剖開張列之狀，兩側及下象張革之架子，正像野獸張革待乾之形〔註12〕，為一獨體象形文。隸變作革（劉熊碑）、革（唐扶頌）、革（蔡湛頌），已不見其據實像而造之字形，難察其為「獨體象形」之旨。

參、難以求知文字之本義

本文就「難以求知文字之本義」部分，列舉七例以說明之。

一、幻

篆文作幻，《說文》云：「相詐惑也，从反予。周書曰：『無或譸張為幻』。予字篆文作予，字以上體作相互予受之形，而以下體引長之一筆作推予之動作，為一「視而可識，察而見意」之指事字，其反予作幻，隸變作幻（龍藏寺碑），已失其形，難以求知字之本義，故許慎引《周書》以證字之本義〔註13〕。

〔註10〕同注9，頁196。

〔註11〕詳見魯實先《假借遡源》，頁251。

〔註12〕同注11，頁189。

〔註13〕詳見李國英《說文類釋》，頁145、156。

二、朢

篆文作朢，《說文》壬部云：「朢，月滿也，與日相朢，似朝君，壬朝廷也，𡥉，古文朢省。」朢之古文作𡥉，从壬从臣會意，與卜辭𡥉、𡥉同，以示挺身遠視之義也〔註14〕。隸定作朢（柳敏碑）、朢（桐柏廟碑），或變作望（魏受禪表）、望（華山廟碑）。《韻會》云：「朢通作望，古文制字之義遂亡。」段玉裁注「朢」曰：「此與望各字，望从朢省聲，今則望專行而朢廢矣。」

三、良

篆文作良，《說文》云：「善也，从富省亡（亡）聲。」良於卜辭作𡥉、𡥉，彝銘作𡥉、𡥉，象日光散射，後借爲語詞〔註15〕，復引伸爲良善之義。借義與引伸義行而掩其本義，而古文𡥉、𡥉之形，篆變爲良、良等形，復隸變作良（景北海碑陰）、良（尹宙碑）、良（曹全碑陰），字形似从、从艮，故良字之本義遂泯焉。

四、夙

篆文作夙，《說文》云：「早敬也，从丮夕。持事雖夕不休早敬者也。」本應作夙，可見从夕从丮會意之恉，然隸變作夙（北海相景君銘）、夙（史晨奏銘），或變作夙（鄭季宣碑），隸體不見从夕从丮之義，難求知「夙」之本義。

五、省

篆文作省，《說文》云：「視也，从眉省从屮。」其釋形誤矣。省卜辭作𡥉（殷虛文字甲編五）、𡥉（殷虛文字甲編 357），金文作𡥉（俎子鼎）、𡥉（曶鼎），其非从屮从眉省明矣。卜辭有「省牛」、「省田」之辭，前者即省牲之義，後者乃省耕或觀獵之義〔註16〕。省有觀看、視察之意，从屮从目，隸變作省（華山廟碑）、省（孔宙碑）字形似从少从目，《徐箋》云：「从少从目者，察之於微也。」《說文疑疑》云：「魏校曰：目少視則心專，故省察之省，

〔註14〕詳見魯實先先生《說文正補》，「朢」字，頁48～50。

〔註15〕詳見魯實先《轉注釋義》，頁14。

〔註16〕採葉玉森之說，詳見李孝定《甲骨文字集釋》，第四「省」字，頁1199～1204。

從少目會意。目少見則事省，故減省之省，亦從少目會意。」皆已失文字之本義。

六、者

篆文作{篆}，《說文》云：「別事詞也，从白常聲。常，古文旅。」者於卜辭作{篆}、{篆}，彝銘作{篆}、{篆}，乃象烹飪，後借爲語詞〔註17〕，許愼乃誤以假借義爲本義，後隸變作**者**（孔龢碑）、**者**（衡方碑）、**者**（曹全碑），下从日，上半與老考之屬相似，已難求知其字之本義。

七、軍

篆文作{篆}，《說文》云：「圜圍也，四千人爲軍，从包省从車，車，兵車也。」段玉裁注曰：「許書當作萬有二千五百人爲軍，見周禮大司馬職。」又曰：「包省當作勹，勹裡也，勹車會意也。」从車从勹，士卒爲營以兵車圜圍之也。本應作匍，隸變作**軍**（白石神君碑）、**軍**（魏上尊號奏），已難求知其圜圍之本義。

肆、使文字無部可歸

本文就「使文字無部可歸」部分，列舉八例以說明之。

一、奉

篆文作{篆}，《說文》云：「承也，从手廾，丰聲。」許愼依篆文形體歸於「廾」部之中，《說文》當云「从廾手」爲是，以符合全書歸部之體例。隸變作**奉**（孔龢碑）、**奉**（桐柏廟碑），遂不見从「廾」之旨，不知應歸何部。「丞」字歸部之意與「奉」同。

二、樊

篆文作{篆}，《說文》云：「鷙不行也，从{篆}棥，棥亦聲。」許愼依篆文之形體歸於「{篆}」部之中。隸變作**樊**（韓勑兩側題名）、**樊**（樊安碑）、**樊**（魯峻碑陰），从{篆}之形變作大、丌，遂不見从「{篆}」之旨，不知應歸何部。

三、乎

篆文作{篆}，《說文》云：「語之餘也，从兮象聲上越揚之形也。」乎與兮二

〔註17〕同注15，頁13。

字並屬匣紐，二字雙聲，乎當从兮聲，而以肊構之形體 ➔ 以示聲上越揚之虛象，故爲「形聲附加指事」之字也〔註18〕。許愼依篆文之形體歸於「兮」部之中。隸變作 乎（孔宙碑）、乎（鄭固碑）、乎（郙閣頌）、乎（魏孔羨碑），遂不見从「兮」之旨，不知應屬何部。

四、也

篆文作 也，《說文》云：「女舍也，从乁象形，乁亦聲」秦刻石也字作 也。字以不成文之體 也 爲形符以象女陰之形，而从乁聲。許愼依篆文之形體歸於「乁」部之中，據其「以形分部」之歸部體例，已有錯誤，隸變作 也（張遷碑）、也（鄭固碑）、也（夏承碑）、也（史晨奏銘），更不見其从「乁」聲象形之旨，不知應歸何部。

五、卒

篆文作 卒，《說文》云：「隸人給事者爲卒。古以染衣題識，故从衣一。」卒字从衣，而以一筆肊構之虛象以示染衣之題識，一爲虛象，並未成文，故《說文》應作「从衣，而以一識之」〔註19〕。許愼依篆文之形體歸於「衣」部之中。隸變作 卒（北海相景君銘）、卒（孔龢碑）、卒（郭仲奇碑），遂不見从「衣」之旨，不知應歸何部。

六、母

篆文作 母，《說文》云：「牧也，从女象裹之形，一曰象乳子也。」字从人，左右二注象乳形，《說文》作「象裹子形。一曰：象乳子也。」非是，當作从女象乳形。許愼釋形雖誤，但據其篆文形體歸於「女」部之中則無誤。隸變作 母（史晨奏銘）、母（曹全碑）、母（郯令景君闕銘），遂不見从「女」之旨，不知應歸何部。

七、幻

篆文作 幻，《說文》云：「相詐惑也，从反予。周書曰：『無或譸張爲幻』。」篆文作反予之形，許愼據之歸於「予」部之中。隸變作 幻（龍藏寺碑），遂不見从「予」之旨，不知應歸何部。

〔註18〕同注13，頁290。

〔註19〕同注13，頁152。

八、事

篆文作**事**，《說文》云：「職也，从史止省聲。」篆文从史止省聲，許慎據篆文形體歸於「史」部，隸變作**事**（武榮碑）、**事**（史晨奏銘）、**事**（戚伯著碑），遂不見从「史」之旨，不知應歸何部。

第二節　導致異體字的流行

壹、異體字形成的原因及其來源

異體字可分為廣義與狹義兩種概念，狹義的異體字是指兩個形體不同，而讀音與意義皆相同的文字，而且必須嚴格要求在任何情況下的用法都完全相同；也就是雖然形體不同，但實際上是同一個字。廣義的異體字除了上述狹義的異體字外，還包括俗體字、經典文獻中常見的通假字〔註 20〕與古今字。狹義異體字之外的異體字，裘錫圭先生稱之為「部分異體字」〔註 21〕，這類異體字只有在部分情況下用字相同，在某些場合裡，其彼此間是不能代換的。例如，岳與嶽為一組異體字，用作山嶽（山岳）彼此無異，但用在姓氏或者岳父之義時，兩字是不能相通的，如「岳飛」不能寫作「嶽飛」、「岳父」不能寫作「嶽父」。

梁東漢先生嘗云：「異體繁多是漢字發展的必然的結果」〔註 22〕。異體字形成的基本原因，也就是古文字一字多形之因。依蔣善國先生於《漢字學》一書中，歸納異體字形成的原有因有下列幾項：

（一）群眾在不同地區和不同時代分別創造的結果。

（二）文字形聲化的結果：

　　1. 不標音字的標音化，如：齒與齒。

〔註 20〕本文所談通假字是廣義的通假字，其內容除了一般所言有本字的用字假借、無本字的用字假借外，尚包括一種習慣用法的假借字。蔡師信發先生云：「廣義的通假，是唐前經典本字或通行字不必透過假借過程，只要另一和它音、義有關的本字或通行字與其通作，即可成立；簡言之，即由通用而假代。」詳見蔡師信發先生所撰〈通假析論〉一文，該文發表於第一屆近代中國文學與思想研討會。

〔註 21〕詳見裘錫圭《文字學概要》，頁 233。

〔註 22〕詳見梁東漢《漢字的結構及其流變》，上海教育出版社印行，頁 63。

2. 另造新形聲字以代替舊形聲字，如讎與仇。

3. 由於造字觀點不同，造出聲符相同義符不同之形聲字，如嘆與歎。

4. 受時空影響，產生聲符不同義符相同之形聲字，如鏽與銹。

5. 累增字與分別文的創造，如爰與援。

6. 變換偏旁的部位，如摸與摩。

（三）簡化作用，如癢與痒。

（四）雙音詞的影響，如苜蓿與目宿。

（五）錯別字的約定俗成，如皐與皋。

（六）假借與通假的影響，如念、唸。

（七）隸定對線條的轉化和真書的改變隸體，如矣、侯〔註23〕。

　　蔣氏從時間、空間及人為因素等方面來探討異體字形成的原因，並且就文字異體的表現方式，舉例加以說明。對異體字形成的原因，簡而言之，蓋文字非一時一地一人之作，造字方法、運用文字的不同，以及使用者書寫方式的差異，都是造成一字異體的原因。

　　至於，異體字的來源，依據梁東漢先生的分析，可分成十五類：

（一）古今字：如禮與礼，御與馭。

（二）義符相近，音符相同或相近：如詠與咏，姪與侄。

（三）音符的簡化：邁與迈。

（四）重複部分的簡化：如靁與雷。

（五）筆畫的簡化：如涼與凉。

（六）形聲字保留重要的部分：如聲與声。

（七）增加音符：如兄與祝。

（八）增加義符：如須與鬚。

（九）較簡單的會意字代替較複雜的形聲字：如筆與笔。

（十）簡單的會意字代替結構複雜的形聲字：嚴與岩。

（十一）義符音符位置的交換：如鄰與隣，燄與焰。

（十二）新的形聲字代替舊的較複雜的形聲字：如齱、齹、揫與揪。

（十三）假借字和本字並用：如后與後。

（十四）重疊式和並列式並用：如群與羣。

（十五）書法上的差異：如擧、舉、擧、擧與举〔註24〕。

　　以上十五類異體字，涉及的範圍有古今字、假借字與所有文字形體的變化及運用情形，是屬於廣義的異體字，其分類頗爲詳細，惟梁氏所談，已包括了異體字形成的原因、來源，以及異體字表現出來的方式。本節將就蔣氏與梁氏所論，釐清異體字之來源及其表現方式，並舉例加以論述。綜合來說，我國文字異體並行的來源主要有三方面：

一、《說文解字》書中所列之重文（包括俗體字、或體字、古今字）

　　《說文解字》以小篆爲主，而小篆是經過整理正定的文字，基本上已做到了統一字體與文字定形的工作，而《說文》中仍收錄許多俗體字、或體字與古今字，這是漢字一字異體的來源之一。茲舉數例證明如下：

（一）示部「祀」與「禩」，《說文》云：「祀或从異」。

（二）玉部「球」與「璆」，《說文》云：「球或从翏」。

（三）气部「氛」與「雰」，《說文》云：「氛或从雨」。

（四）士部「壻」與「婿」，《說文》云：「壻或从女」。

（五）艸部「蕙」、「蘐」與「萱」，《說文》云：「或从煖」或从宣」。

（六）艸部「营」與「芎」，《說文》云：「司馬相如說营从弓」。

（七）口部「咳」與「孩」，《說文》云：「古文咳从子」。

（八）呂部「躳」與「躬」，《說文》云：「俗从弓身」。

（九）巾部「帨」與「帨」，《說文》云：「帨或从兌聲」。

（十）心部「憜」、「惰」與「媠」，《說文》云：「憜或省昌」、「古文」。

（十一）心部「㥴」與「寋」，《說文》云：「或从寒省」。

　　以上所舉《說文解字》所錄之重文（包括俗體字、或體字與古今字），正是我國文字異體字的主要來源之一。

二、文字演變與運用文字所造成的異體並行現象

　　漢字的結構複雜，且文字非一時一地一人所造，時有古今，地有南北，各地民情風俗不一，造字者各不相謀，是造成文字一字多體的根本原因。漢字由

〔註24〕同注22，頁64～69。

古籀文、篆文、六國文字，而走向隸書、眞書、楷書，整個文字發展演變過程中，自然會產生許多一字異體的情形。

其次，文字使用者所書寫的錯字、別字，也是異體字產生的原因之一。寫錯字的情況：一是受形體相近的偏旁、部件的影響而誤，如「染」誤書作「槩」、「軌」誤書作「軏」；二是雙音詞中的一字受另一字偏旁的影響而誤，如模糊誤做「糢」糊、狹隘誤作狹「獈」、輝煌誤作輝「熀」；三是寫錯筆畫，誤書筆形，如出刊的刊字，誤作「刋」或「刉」，均是筆畫的錯誤。寫別字的情況則爲：一是因形體相近而誤，如「荼毒」的「荼」字誤作「茶」、糜爛的「糜」誤作「靡」；二是音義相近而誤，如「自力更生」的「力」誤作「立」、「川流不息」的「川」誤作「穿」、「直截了當」的「截」誤作「接」。另外，各朝代有因避諱所造成的缺筆字或改字，如孔丘的「丘」、李世民的「㞋」、康熙玄燁的「玄」、犯皋改爲「犯罪」、洛陽改爲「雒陽」等，以及印刷體與手寫體所造成的分歧字，也都是異體字的來源之一。

三、文字繁簡政策下所造成的異體字

中共於 1949 年以來，開始不斷進行漢字整理的工作。1956 年首先公布《漢字簡化方案》，共簡化了五百多個文字和五十四個偏旁。經過幾年試用之後，於 1964 年編印成《簡化字總表》，共收二千三百多個簡化字，作爲社會使用簡化字的規範。在 1986 年又重新公布《簡化字總表》，對個別字逐一作調整，實際簡化字的字數是 2253 個字。中共大力推行文字簡化運動，與我國所習用的文字（與前者之簡化字相對而言，稱爲繁體字），大異其趣。或以繁體字的一部分代替整個繁體字，如飛作飞、廠作厂、與作与、開作开；或將繁體字中複雜聲旁改爲簡單聲旁，如燈作灯、膽作胆、藥作药；或將合體字中繁複部分換成簡單符號，如戲作戏、趙作赵、鄧作邓；或以同音替代，如穀作谷、薑作姜、葉作叶；或以會意或形聲之法另造新字，如竈作灶、驚作惊、簾作帘、護作护；或以正楷筆法書寫繁體字之草書體，即草書楷化，如倉作仓、齊作齐、樂作乐、鳥作鸟、興作兴等等〔註 25〕。海峽兩岸的文字，正因政策不同而形成繁簡不同的異體。故知，文字政策的不同也是造成異體字的來源。

〔註25〕詳見張世祿先生主編之《古代漢語》上冊，洪葉文化事業有限公司印行，頁 86～87。

貳、異體字表現出來的方式

異體字形體表現出來的差異一般有下列幾種方式：

（一）部件位置不同，如棋與棊、裙與裠、翅與翄、甜與䖲、鑑與鑒、鵝與鵞、峰與峯。

（二）構字的筆畫不同，如污與汙、冰與氷、兔與兎、攜與携、冗與宂、并與並。

（三）文字的意符不同（但意義是相近的），如詠與咏、鴈與雁、睹與覩、貓與猫、脣與脤、杯與盃、跡與迹。或有形符意義相同，但形體卻不同，如脉與脈。

（四）文字的聲符不同（但其聲音相同或相近），如瑰與璝、煙與烟、鏽與銹、箸與筯、棲與栖、搗與擣、韻與韵、褲與袴、輝與煇。

（五）意符與聲符都不同，如碗與盌、訴與愬、創與刱、妝與粧、村與邨、鎚與捶。

（六）加了形符或意符之後起字與本字的差異，如云與雲、果與菓、席與蓆、网與罔、皃與貌。

（七）造字方法不同的異體字，如渺與淼、埜與野、泪與淚、岳與嶽、岩與巖、艶與豓等異體字都一從會意造字，一從形聲造字。

（八）字體繁簡的不同，如燈與灯、膽與胆、藥與葯、竈與灶、驚與惊、簾與帘、廠與厂、與與与、開與开、鳥作鸟、齊與齐、樂與乐⋯⋯等，詳見前文「文字繁簡政策下所造成的異體字」所列諸例。

以上八種表現方式[註26]，是就今日所見異體字加以分析歸納而來，事實上，其彼此之間並沒有一個明顯的界限，如第八類「繁簡字的不同」部分舉例是可以歸到以上各類之中的，蓋因文字演變情形之複雜，實難以有限的歸納條例來加以分類統攝。

參、文字隸變所造成的異體字

前文已談字體演變會造成許多一字異體的現象。我國文字由籀篆變為隸

〔註26〕參見裘錫圭《文字學概要》，頁 235～237；與王述峰、許國榮《實用漢字知識》，頁 87～89。

楷，更造成許多異體字的流行。本文所要談的是指由隸變不同所形成的異體字。茲舉八例說明如下：

一、射

古文从矢从身作躰（），篆文改矢从寸作射（），隸體作射（周憬功勳銘）、軤（魏上尊號奏）、射（帝堯碑）、躲（溫彥博碑）、躲（景龍觀鐘銘）等形，故知隸變之後「射」有「射、軤、射、躲、躰」等異體。

二、榦

篆文從木倝聲作榦（），段玉裁注曰：「榦，俗作幹。」隸體作榦（北海相景君銘）、榦（張遷碑）、幹（武榮碑）、幹（郭仲奇碑）、幹（張納功德敘）等形，故知隸變之後「榦」有「榦、榦、幹、幹、幹」等異體。

三、竝

篆文从二立作竝（），隸體作竝（校官碑）、竝（夏承碑）、並（曹全碑）等形，故知隸變之後「竝」有「竝、竝、並」等異體。

四、嶽

篆文从山獄聲作嶽（），古文嶽作，象高形。段玉裁注曰：「今字作岳，古文之變。」隸體作嶽（華山廟碑）、嶽（白石神君碑）、嶽（孔宙碑）、嶽（衡方碑）、岳（魯峻碑）等形，《隸辨》云：「說文嶽古文作岳，上象高形，碑變从丘，今俗因之。」故知隸變之後「嶽」有「嶽、嶽、嶽、嶽、岳」等異體。

五、夗

篆文从夗夕作（），段玉裁注曰：「隸變作夗。」隸體作夗（北海相景君銘）、夗（衡方碑）、夗（鄭季宣碑）等形，《隸續》云：「書夗作夗。」故知隸變之後「夗」有「夗、夗、夗」等異體。

六、孰

篆文从丮臺作孰（），隸體作孰（靈臺碑）、孰（石經論語殘經）、孰（繁陽令楊君碑）、熟（白石神君碑）等形，《集韻》云：「隸作孰、熟。」徐鉉《新修字義》云：「熟本作孰，後人妄加偏旁，失六書之義。」故知隸變之後「孰」有「孰、孰、孰、熟」等異體。

七、厚

篆文从厂从𠫤作厚（厚），隸體作**厚**（婁壽碑）、**厚**（三公山碑）、**厚**（韓勑兩側題名）、**厚**（史晨奏銘）、**厚**（度尚碑）、**厚**（袁良碑）、**厚**（孔宙碑陰）、**厚**（又韓勑兩側題名）、**厚**（陳君閣道碑）等形，依諸碑所載，厚字屢經變化〔註27〕，故知隸變之後「厚」有「厚、厚、厚、厚、厚、厚、厚、厚」等異體。

八、職

篆文从耳戠聲作職（職），隸體作**職**（華山廟碑）、**職**（魯峻碑）、**職**（曹全碑）、**職**（衡方碑）等形，《隸辨》云：「玉篇云軄，俗職字。張納功德敘『匪懈於軄』，樊安碑『以亮皇軄』，職皆作軄」，又云「碑職亦作𦜕。」故知隸變之後「職」有「職、職、職、軄」等異體。

第三節　造成學者解字的穿鑿附會，望形生訓

　　許慎所處的時代，隸書十分盛行，許多篆文因經隸變之後，已難見其初形本義，當時俗儒說解文字時，常常據隸書之形體，穿鑿附會，望形生訓，使文字之本義湮滅不顯，而且許多學者棄孔壁古文及山川鐘鼎彝銘不論，向壁虛構，變改正文，創造許多不合條例的文字。許氏感慨當時繆亂文字之情形，他說：

　　壁中書者，魯恭王壞孔子宅，而得禮記、尚書、春秋、論語、孝經。又北平侯張蒼獻春秋左氏傳。郡國亦往往於山川得鼎彝，其銘即周代之古文，皆自相似，雖叵復見遠流，其詳可得略說也。而世人大共非訾，以為好奇者也，故詭更正文，鄉壁虛造不可知之書，變亂常行以燿於世。諸生競逐說字解經誼，稱秦之隸書為倉頡時書。云父子相傳，何得改易？乃猥曰：馬頭人為長，人持十為斗，虫者屈中也；廷尉說律，至以字斷法。苛人受錢，苛之字止句也，若此者甚眾，皆不合孔氏古文，謬於史籀。俗儒鄙夫，翫其所習，蔽所希聞，不見通學，未嘗睹字例之條，怪舊埶而善野言，以其所知為秘妙，究洞聖人之微恉。又見倉頡篇中幼子承詔，因曰古帝之所作也，

〔註27〕其變化情形詳見顧藹吉《隸辨》，頁 115～116。

其辭有神僊之術焉，其迷誤不諭豈不悖哉？〔註28〕

漢代學者以當時流行的字體（隸書）來析形釋義，守著「父子相傳」的字書，把秦代的隸書當作是倉頡時草創之古書，極盡穿鑿附會、曲解形義之能事。許氏有鑑於此，故撰《說文》一書，希望能杜絕匡正此一歪風惡習。該書撰成之後，由其子許沖於安帝建光元年（西元 121 年）時獻給朝廷。此後，《說文解字》這本書便輾轉流傳下來了。

但是由於漢代以來，朝野通行隸楷文字，因此以小篆爲主的《說文》，並未受到應有的重視，加上流傳日久，錯誤孳生，漸失其原來面貌。傳至唐肅宗時李陽冰喜用私意來解字，擅改《說文》，使《說文》遭到空前的浩劫。直到北宋徐鉉、徐鍇兄弟的出現，才使《說文》再度興盛起來。小徐（徐鍇）作《說文解字繫傳》，是最早注解《說文》之書，他注釋古義名物，徵引博洽，頗受到宋代學者的推崇，如陳振孫《直齋書錄解題》就曾經稱譽：「此書援引精博，小學家未有能及之者。」而且，書中對《說文》有所刪除時，必加注於其下，可有利於後人明白《說文》的原貌〔註29〕；但是由於他重視由文字的聲音來探索字義的訓詁方式，解說時多巧說衍文，影響了他哥哥徐鉉的《說文解字》三十卷（即大徐本），甚至影響到後來王安石的《字說》，造成以私意解字，穿鑿附會，望形生訓的現象〔註30〕。

宋人對文字構造的分析詮釋，頗爲重視〔註31〕。郭忠恕所作之《佩觿》，其上卷的理論，就是著重在分析文字形體的訛變〔註32〕。張有的《復古編》也是當時一部重要的字書。張有受宋代興盛之說文學的影響，以《說文》的篆字爲

〔註28〕詳見《說文解字·敘》，頁 770。

〔註29〕詳見蔡師信發先生《說文答問》第十四條，頁 8。

〔註30〕同注 29。大徐說解不免於穿鑿，每遇難曉之處，常私自改易，尤其對形聲字之瞭解不夠，常將形聲字解爲會意字。

〔註31〕北宋開國以來，因承五代十國之積弊，文風衰頹，字學不興，太祖有意振興文弊，太宗曾詔令徐鉉等人刊定《說文》，神宗憂字學之不講，嘗詔儒臣探討，並試解字義。於是字學漸受重視，研討文字，撰爲字書者，亦日趨眾多。

〔註32〕《佩觿》，宋郭忠恕撰，凡三卷。上卷備論六書形聲訛變之由，中、下二卷則取字畫異同疑似者，反覆相校，以四聲循環輪配，分爲十段。末附辨證此書舛誤者一百十九字，不署名字，不知何人所加。參見《四庫全書提要·經部·小學類》。

正體，來辨別注中所列俗體、別體的訛誤〔註33〕，此書對於正定隸變後文字的訛舛，亦不無功勞；不過，宋人對文字構造的分析詮釋，雖宗主《說文》，惟仍有部分學者附會字形而望形生訓，以己意解字〔註34〕。王安石晚年所作之《字說》，於字理多所乖戾，然以其政治地位之崇高，科舉取士多遵其經義訓釋，故能專行一時，影響頗為深遠〔註35〕。

　　王安石《字說》之說解文字，往往棄六書於不顧，師心自用，以私意臆解字形字義，因此會有「同田為富」、「人為之謂偽」、「五人為伍」、「十人為什」、「歃血自明為盟」〔註36〕、「坡者地之皮」及「霸從西，西在方域主殺伐」〔註37〕等望形生訓的說解產生，其以己意說字、穿鑿附會之處，最為後人所詬病；不過，事實上自秦漢時代文字隸變之後，說解文字穿鑿附會、望形生訓的風氣，流傳到宋代王安石的《字說》，已接近尾聲了〔註38〕。本節將舉介甫《字說》一書中臆改、臆解字形的例子，來說明自篆變隸以後，學者往往師心自用，依己意且據後世字形，強說古人造字之恉，其穿鑿附會、望形生訓的嚴重情形。其例如下：

一、心

　　《字說》：「心從倒匕，無不匕而實無所匕，所匕以匕，其匕無常。」

〔註33〕《復古編》，凡二卷，宋張有撰。以四聲隸字，根據《說文》以辨俗體之訛。於正體用篆書，別體、俗體則附載於注中。下卷入聲之末附錄辨證六篇，尤為精審。參見《四庫全書提要・經部・小學類》。

〔註34〕宋朝蘇軾、張有、畢少董諸儒，亦多有附會字形，以己意解字之情事，諸說散見宋人之載記中，如《東坡志林》、曾慥《高齋漫錄》、何薳《春渚紀聞》、沈作喆《寓簡》、陸友仁《硯北雜記》、《升庵外集》等，皆有所載。

〔註35〕王安石「晚居金陵，又作《字說》，多穿鑿附會。其流入於佛、老。一時學者，無敢不傳習，主司純用以取士，士莫得自名一說，先儒傳註，一切廢不用。」詳見《宋史・卷三二七・王安石列傳》。介甫自稱天地萬物之理著於此書，可與《易經》相表裡。哲宗元祐中罷安石新法，言者因斥其穿鑿破碎，聾瞽學者，特禁絕之。今其書傳本甚少。

〔註36〕以上諸例引自葉大慶《考古質疑》內。

〔註37〕以上二例引自邵博《聞見後錄》內。

〔註38〕詳見鄭梁樹〈漢字形體學的歷史〉，該文刊載於《大陸雜誌》第六十三卷第五期，頁201～210。

謹案：心字小篆作♨，金文作♨、♨、♨、♨諸形，而不見於卜辭。王筠《說文釋例》云：「心於五臟獨象形，尊心也。其字蓋本作♨，中象心形，猶恐不足顯著之也，故外兼象心包絡。」可知心字本爲象形，象心瓣及兩大動脈之形，爲一據實像而造之象形字。介甫《字說》乃據小篆之字形，以「倒勹」臆改其形，又以談辯之言釋其義，實無足論也。其後，張有欲辨《字說》「心從倒勹」之誤，乃云：「心字於篆文，只是一倒火耳。蓋心，火也，不欲炎上。」亦爲附會五行、穿鑿繆悠之說。

二、栗

《字說》：「從木者，陰所能栗以陽而已。從囗、從仌，陰疑陽也。從一、從｜，陽戰而｜也，｜則勝陰，故一上右。」

謹案：栗字甲文從ㅂ從木，作栗、栗、栗、栗諸形，象木實有芒之形，石鼓文衍爲栗，小篆遂從卣木作栗，因有「卣實下垂」之說。古文作栗，今隸楷作「栗」。卣本爲木上果實之像，而介甫《字說》又析卣爲四文：「從囗、從仌、從｜、從一」，以五行異說附會之，其穿鑿牽合之言，實不足信。

三、燕

《字說》：「燕嗛上，避戊己，戊己二土也，故坴在囗上。謂之玄鳥，鳥莫知焉；知，北方性也；玄，北方色，故從北。襲諸人間，故從人。春則戾陰而出，秋則戾陽而蟄，故八。八，陰陽所以分也。」

謹案：《說文》云「燕燕玄鳥也。籋口、布翅、枝尾，象形。」甲文作燕、燕，乃據實像而造之象形字，以鳥鳴燕燕，因取其聲以名之。《字說》附會陰陽緯讖之說，以爲燕於天干屬戊己，戊己於五行爲中央土。燕銜土爲巢，而於其所屬之戊己二日，避土不銜，故析篆文籋口燕身之「茁」爲「二土在囗上」。又解布翅之「北」爲北方色、北方性之「北」。更析枝尾之「火」爲「從八、從人」，以爲燕「襲諸人間」，且能分別春秋而出蟄故也。其說解極盡曲附之能事，其改字形而爲臆解者，以此爲甚。

四、量

《字說》：「量之字從日，日可量也。從土，土可量也。從山，山而出，乃可量，從冂，冂而隱，亦可量也。從口、從十，可口而量，以有數也。」

謹案：《說文》云「稱輕重也。從重省，曏省聲。量，古文。」量，卜

辭作 ▨、▨、▨、▨，隸定作𣆀，乃從日從東會意，謂日出東方，始可立表視影，以正四方之方位，以度道里之遠近，以識一日之加時，以測一歲之中節也〔註39〕。故知量之本義爲度影表之長短，引伸而有度大小輕重之義。《說文》乃誤以引伸義爲本義，許慎之釋形析義已誤，而《字說》則更析小篆爲「從日、從凵、從冂、從土、從口、從十」以說之，幾乎若扣槃捫燭而論也。

五、革

《字說》：「三十年爲一世，則其所因必有革。革之，要不失中而已。……（革）不從世而從廿、從十者，世必有革，革不必世也。又作𠦶、𠦶，有爲也，故爪掌焉。」

謹案：《說文》云「獸皮治去其毛曰革。革，更也，象古文革之形。𠦶，古文革從卅，卅年爲一世而道更也。」魯實先先生云：「革與古文之𠦶，并象張革待乾之形。」依篆文形體上象獸頭，中象其腹剖開張列之狀，兩側及下象張革之架子，正像野獸張革待乾之形，爲一獨體象形文。《字說》據篆文而分爲「從中、從廿、從十」，其臆改字形之說，殊爲無理。

六、刃

《字說》：「𠚣，刀以用刃爲不得已，欲戾右也。於用刀刃，乃爲戾左。刃，刀之用，刃又戾左焉，刃矣。」

謹案：《說文》訓刀爲「兵也，象形。」，又訓刃字爲「刀堅也，象刀有刃之形。」刀字甲文或作 ▨，金文作 ▨、▨、▨，小篆作 ▨，皆象刀柄刃背之形。刃字，饒炯《說文解字部首訂》云「刀堅在口，其鋒芒與別處不同，故以『、』指其所在而云刀有刃之形」。介甫師心自用，以字形戾右爲吉，戾左爲兇，因謂用刀刃爲兇，故戾左也。未審刃字構字之恉，非以意會之也。

七、卜

《字說》：「卜之字，從丨從一，卜之所通，非特數也，致一所以卜也。夫木之有火，明矣，不致一以鑽之則不出，龜亦何以異？」

謹案：卜字甲文作 ▨、▨、▨、▨、▨，金文亦同，小篆作 ▨，文均「象龜

〔註39〕詳見魯實先《說文正補》，「量」字，頁67～72。

兆之縱橫也」，是也。《字說》乃析之爲「從丨、從一」，且謂「不致一以鑽之則不出」，鑿附之甚矣。

八、卿

《字說》：「卿之字，從卯，卯、奏也；從卩，卩、止也；左從卯，右從卩，知進止之意。從皀，黍稷之氣也。」

謹案：卿字甲文作 ⿰⿱⿱ 、 ⿰ 、 ⿰ ，金文作 ⿰ 、 ⿰ 、 ⿰ 、 ⿰ 諸形，皆從二人相向就食之形。羅振玉先生曰：「此字从 ⿰ 从 ⿰ 或从 ⿰ 从 ⿱ ，皆象饗食時，賓主相饗嚮之狀，即饗字也。古公卿之卿、鄉黨之鄉、饗食之饗皆爲一字，後世析而爲三。許君遂以鄉入 ⿰ 部，卿入 ⿰ 部，饗入食部，而初形初誼不可見矣。」〔註40〕《說文》誤釋爲「從 ⿰ 皀聲」，《字說》又解二人相向之卯卩爲「知進止之意」，割裂爲從卯從卩，皆失其誼也。

九、弓

《字說》：「弓象弛弓之形，欲有武而不用。從一，不得已而用，欲一而止。」

謹案：《說文》以音訓釋弓〔註41〕，曰「窮也，以近窮遠者。象形。」弓字甲文作 ⿰ 、 ⿰ 、 ⿰ ，金文作 ⿰ 、 ⿰ 、 ⿰ 、 ⿰ 諸形，或取弓弦之弛，或取弓弦之張，其上一橫爲弓柄耳，爲據實像而造之象形字。《字說》解弓字之義無誤，但說「從一，不得已而用，欲一而止。」之義則非也。

十、殳

《字說》：「殳，又擊人，求己勝也，然人亦丿焉。」

謹案：殳字甲文作 ⿰ 、 ⿰ 、 ⿰ 諸形，似爲有刃而可刺之兵器，與許說「以杖殊人也」不合，「杖」當做「兵」也。魯實先先生云：「殳於父乙卣從又作 ⿰ ， ⿰ 者，殳之象形，卜辭從殳之字省鐓作 ⿰ ，季良父壺則省其柲、鐓而作 ⿰ ，篆文作 ⿰ 者，又 ⿰ 之誤體。」〔註42〕小篆已譌爲「從又几聲」之「 ⿰ 」，而《字說》又據小篆說其會意之義，去字之本義益遠。

〔註40〕詳見李孝定《甲骨文字集釋》第九，「卿」字，頁 2885～2890。

〔註41〕弓之發聲屬見紐，窮之發聲屬群紐，二字并爲牙音，許慎以「窮也」釋「弓」，此音訓也。

〔註42〕詳見魯實先《假借遡源》，頁 252。

十一、气

《字說》：「有陰气焉，有陽气焉，有沖气焉，故從乙。起於西北則無動而生之也。印左低右，屈而不直，則气以陽為主，有變動故也。」

謹案：《說文》云「雲气也，象形。」甲文作「三」，篆文作「气」，俱象雲气層疊、興起之貌，是據實像而造之象形字。《字說》以小篆之形印左，而附會五行之說，謂陽气「起於西北」；又以气之三畫，分別代表陽气、沖气、陰气。此介甫純以己意臆解無疑，無可取也。

王安石之《字說》，雖謂乃考許慎說解之謬舛而是正之，惟介甫時以私意臆解字形、字義，多附會穿鑿之說。於字理多所乖戾，且多「水皮為波」等望形生訓之例。《字說》猶依《說文》篆體解字，其臆解形義若此，更遑論俗儒據隸楷字形來析形釋義了。因知，自篆變隸以後，學者解字穿鑿附會、望形生訓之情形，自當更為嚴重。

第四節　損及部首的功能

壹、《說文》部首的作用

我國文字在早期的時候，基本上形、音、義是相合的。漢字形體由表象走向表意，早期文字之形體與意義彼此間關係是很密切的，《說文解字》為了要「明字例之條」、「理群類，解謬誤，達神恉」，所以特別注重字形的分析，探求文字的本義。許叔重《說文解字》一書為了便於查閱檢索，將所收漢字的形體，據其形構分析為五百四十部首。許叔重建構五百四十部首的方法，在《說文解字‧敘》中說得很明白。他說：

> 其建首也，立一為耑。方以類聚，物以群分；同條牽屬，共理相貫，
> 雜而不越，據形系聯，引而申之，以究萬原；畢終於亥，知化窮冥。

何謂部首呢？許慎將所收集的九千三百五十三個字，「分別部居，不相雜廁」，據其形體，分類辨析，分成五百四十部，每一部以一個字總領統攝，此字為一部之首，故稱之為「部首」。所謂「部首」，也就是該部中所有文字之「字根」、「字母」〔註43〕。許慎其部首排列的先後次第是「據形系聯，引而申

〔註43〕詳見蔡師信發先生《說文答問》第六十二條云：「部首即字根。字根即字母。」《國

之」，亦即依據文字形體相近而聯繫，以「一」爲第一個部首，最後一個是「亥」。

　　《說文》部首的作用在於「分別部居，不相雜廁也」，因爲有了部首，就可以將紛雜無序的諸多文字，分屬到各個部裡頭去。用五百四十部首，來統攝九千三百五十三個字，可以收以簡馭繁之功，便於查閱。段玉裁對許愼創建部首之舉，嘗云：「學者之識字，必審形以知音，審音以之義，聖人造字實自像形始，故合所有之字，分別其部爲五百四十，每部各建一首，而同首者則曰『凡某之屬皆从某』，於是形立而音義易明，凡字必有所屬之首，五百四十字可以統攝天下古今之字，此前古未有之書，許君之所獨創。若網在綱，如裘挈領，討原以納流，執要以說詳。」〔註44〕胡樸安亦贊曰：「以字形爲書，俾學者因形以考音與義，實始於許，功莫大焉。」〔註45〕

貳、《說文》以形分部對後世的影響

　　自東漢許愼《說文解字》創「部首」來統攝歸類文字之後，後世著名的字書，如晉朝呂忱的《字林》（已亡佚）、南北朝蕭梁顧野王的《玉篇》、北宋司馬光奉敕編纂的《類篇》都是依照《說文》「據形繫聯、以形分部」之例來編次的。這是《說文》分部方式對後來字書的影響。即使到了現代，某些字書的編纂，雖然不採部首而採用其他的編排方式，例如以音系或起筆之筆畫來排列者，也往往附有「部首」檢字表。因爲以部首編排漢字的方式，符合漢字形義相關的特點，可便於漢字本義的考察，便於識記漢字的形體。由此可以看到許愼創建「部首」對後世的深遠影響。胡樸安嘗言《說文解字》在文字學史上之價值有八，其一就是「分部之創舉也」。他說：

　　　　五百四十部，統攝九千三百五十三字，爲前此文字書之所無。後敘云「同條牽屬，共理相貫，雜而不越，據形系聯」，以今日之眼光觀之，或有未周密之處。然至今日編輯字書者，尚多沿用其例而變通之。〔註46〕

文天地》雜誌社總經銷，頁50。

〔註44〕說見段玉裁注《說文解字・敘》，「分別部居，不相雜廁也」之下，頁772。

〔註45〕詳見胡樸安《中國文字學史》，頁275。

〔註46〕同註45，頁40。

不過，許慎首列五百四十部首，其首要的功績還並不僅僅是使所有的漢字「分別部居」，創造了相當科學的檢字法，他還使得人們知道字義與詞義是有類可分的，以及如何根據其書寫符號了解其意義所屬。根據《說文》的部首，可以探求漢字演變之跡，《說文》部首統屬了漢字的義類，據此可以考察漢字的本義及其引伸之義群〔註47〕。

參、「據形繫聯」之跡已不可尋

文字隸變之後，把篆文表象為主的線條變為以表義為主的筆畫，將文字的筆畫、筆數確定下來，也就是使文字更加定形的路子上，但也由於隸書由線條變為筆畫，使得《說文解字》原本「據形繫聯，以形分部」的部首功能遭到破壞。於是，《說文》分部之旨漸次湮廢。《玉篇》與《類篇》，是繼《說文》五百四十部首編排方式之後的兩部字書，從其部目編次，漸漸可察「據形繫聯」之跡已趨模糊。

南北朝梁之顧野王《玉篇》，是隸變之後仍承襲《說文》據形繫聯的方式來編纂的，但「《玉篇》改篆為隸，不能照據形繫聯之舊，顧野王雖本許叔重始一終亥之例，而別為升降損益。」〔註48〕其部目與次序多沿襲《說文》而略有出入。且因文字形變之後，無法完全依照「據形繫聯」的要求，而改為「以義相屬」，它「對古今雅俗之字也都列出本義，但字頭卻是經過了隸變與楷化的『今文』，這就丟棄了《說文》全書的系統性，使得人們冥冥不知一點一畫有何意焉。」〔註49〕

北宋司馬光等人奉敕編修之《類篇》，全書共分十五篇，每篇又分為上、中、下三卷，總計有四十五卷。其編排方式，大致上也是遵循《說文》五百四十部首的次第，而略有差異。《類篇》部首次第宗主《說文》，但其部中列字之次序，則別樹一格，一反《說文》、《玉篇》「義之相屬為次」的原則，而完全采用新修《集韻》的韻次，以平上去入四聲作為文字排列的先後，這種「以形

〔註47〕詳見許嘉璐〈說文解字在詞典史上的地位和價值〉一文，該文收錄於《許慎與說文研究論集》一書，中國訓詁學會許慎研究會編纂，河南人民出版社出版發行。

〔註48〕同注45。至於其增減損益之情形，詳見該書〈第一編・文字書時期・自秦漢至隋，「顧野王之《玉篇》」〉，頁84～104。

〔註49〕同注47。

爲經，以韻爲緯」的編排方式，是以前的字書所沒有的，「洵當代之一大發明也」。《類篇》在《說文》五百四十部首「據形繫聯」一系的字書中是殿軍之作，從《類篇》之後，再也沒有一部字書是宗主《說文》「始一終亥」的部首排列方式來編排的〔註50〕。

自篆變隸，文字已難察其初形本義，於是《說文》據形繫聯的五百四十部首，已不適於一般人查閱檢字。由於文字隸變之後，篆文表象爲主的線條變爲以表義爲主的筆畫，文字的筆畫、筆數都完全確定下來。於是，明代人梅膺祚《字彙》首先對部首分部方式作了大幅的改革，他一反《說文》以篆文形體爲主、據形繫聯的分部方式，改以隸楷字形作爲分析歸納的對象，以達到便於一般人檢字查閱的目的。梅氏簡化了從《說文》以來之字書〔註51〕的分部方式，總結爲二百一十四部，部首及部內所屬之字的排列均以字的筆畫多少爲先後。《字彙》在中國文字學史上的地位並不高，例如清儒朱彝尊嘗駁斥梅膺祚《字彙》之價值，他說：

> 小學之不講，俗書繁興，三家村夫子，挾梅膺祚之《字彙》、張自
> 烈之《正字通》，以爲兔園冊，問奇字者歸焉，可爲冷齒目張也。
>
> 〔註52〕

朱氏貶梅膺祚《字彙》、張自烈《正字通》二書至爲卑賤，毫無價值。然梅氏《字彙》以筆畫多少爲分部先後、列字次第之創舉，卻是值得一提的。他以筆畫之多少，作爲分部先後之次序，每部中又以筆畫多少，作爲列字之次序，其檢索方式雖非最善，但實已爲今人檢字者開一方便之法門〔註53〕。梅膺祚《字彙》

〔註50〕孔仲溫先生云：「今觀《類篇》之編排，爲自許君《說文》以後，一部特具色彩之字書，其融字書韻書爲一體，不僅以《說文》五百四十部首之分部，達成其據形繫聯、類聚群分之基本要件，復據《集韻》二百六韻，爲部中先後之次第，達成其組織嚴整，翻檢便利之目的，此種以形爲經，以韻爲緯之編纂方式，洵爲當代之一大發明也。」詳見孔氏所撰《類篇研究》，臺北：學生出版社印行，頁83。

〔註51〕例如顧野王之《玉篇》、司馬光等奉敕修纂之《類篇》皆根據《說文》以形分部之方式，其部首均多達五百四十餘部。

〔註52〕同注45，頁243。

〔註53〕同注45。詳見該書〈第二編‧文字學前期時代‧唐宋元明，「《字彙》與《正字通》」〉，頁244。

減併部首是字書分部的一大進步，而根據筆畫多寡作爲排部列字先後次序之例，則是字書編纂史上的一大發明。這方法也就成了後出字書排部列字的主要依據，《康熙字典》的分部、排字就是遵照梅膺祚《字彙》而來的〔註54〕。

　　在隸變之前的早期文字原則上是形音義相合的，由文字的形構可探知文字之本義與音讀。《說文》一書的宗旨是在「明字例之條」、「理群類，解謬誤，達神怡」，其解形、釋義、注音的方式，在文字隸變之前的「古文字階段」是沒有多大問題的；但是，文字隸變之後，對漢字形體結構的瓦解，已破壞了漢字形音義的密合性。於是，《說文》據形繫聯、以形分部之跡，已不可尋。誠如胡樸安所云：「自《說文解字》以據形繫聯分部以來，言文字學者，多遵守之。實則改篆爲隸，已不得據形繫聯之跡；至改隸爲眞，則形變彌甚，《玉篇》略以字義之同類者分部，然檢字頗覺不便。自是以後，每以韻部隸字，名爲韻書，實則字書，用韻分部者，以便查檢而已。」〔註55〕筆者以爲，切韻體系之韻書，其目的在於闡明古今字音之沿革，與析形釋義之字書體系有別，胡氏此言當指部分「用韻分部」之方式來編纂的字書，例如：唐顏元孫的《干錄字書》、宋張有所撰《復古編》，與宋婁機所撰《漢隸字源》一樣，都是以四聲的次第來排序的；又如清顧藹吉之《隸辨》，是以宋《禮部韻略》的韻次爲序來編纂的。這類的字書都是不再沿襲傳統《說文》「據形繫聯、以形分部」的排部方式。

〔註54〕胡樸安先生云：「清《康熙字典》之分部，雖云依照《正字通》，而《字彙》則在《正字通》之前，則《正字通》亦出於《字彙》。」詳見《中國文字學史》，頁244。

〔註55〕同注54。

第六章　結　論
——論列「隸變」對漢字發展的正面作用

　　由古文、籀文、小篆的演變來看，文字的發展，可說是一脈相傳的。至秦、漢時代漢字走向隸書形態之後，其形體結構與古文原貌相去甚遠，文字形體相承演變的情況從此打破。篆文形體仍保有古文的遺意，而隸書改變古文形體甚劇，使古今文產生嚴重的斷層。東漢時不僅民間通行，甚至士林所傳習的，都是約易簡俗的隸書，庶人陋儒多不明字例，罔顧古文之初形本義，遂以隸體說經解字，因而有「持十為斗、馬頭人為長」之謬，故許慎喟歎「古文由此而絕矣」。隸書苟趨省易，對漢字構成的規律破壞甚夥，因此，想要由隸書，甚至是隸書之後的楷書去探討文字的初形本義，往往是事倍功半，甚至會誤入歧途，產生許多穿鑿附會、向壁虛構的情形。

　　一般人好攻隸變之失，認為隸變破壞了漢字原來的造字結構，形成古今文字識讀上的斷層，以文字學的角度來看，其所論甚對，但評斷卻失之偏頗。向來學者研究隸變多傾向於負面的反應，本文前章已有詳細論述。此章則擬將「隸變」對中國文字發展的正面作用表現出來，並藉由以下列三方面來予以肯定：

一、有助於今人探知字形發展之線索、體察漢字演變之軌跡

　　雖然隸改篆甚劇，破壞文字原來的結構，造成漢字演變的斷層，但是隸體

與小篆同源，均由古籀省改而來，故知篆隸初為一物，隸體與小篆之異，並無古近優劣之別 〔註1〕，誠如王筠《說文釋例》所言：

> 篆隸八分，猶之兄弟，而古籀文乃其祖禰，人之貌有似其父者，亦有不似者，既不以攴之不似其父者為非其子，更不得以攵之似父者為非其子也。〔註2〕

今所見小篆，其失古文原形本義之處亦多，故有小篆變古而隸體猶存古籀文原形，保留古文形義者，此隸書之功，不可掩也。

觀察隸變的現象、隸變方式的種類，並且歸納出篆隸演變的規律，可以察見漢字形體演變之軌跡，有助於對古今文字的認識與研究，這是「隸變」對我們研究中國文字發展的正面作用。

二、文字走向定型，便於書寫與辨識

在目前可以看到的隸書材料之中，例如：秦漢、魏晉南北朝遺留下來的碑刻文字，及七〇年代以來出土的簡牘題銘與帛書等，我們都可以看到篆隸演變的軌跡。隸書分古隸與漢隸，早期的隸書猶存篆文意味，屬於古隸階段。至東漢成熟的隸書，漢字發展進入今文字階段。東漢中、晚期以後隸體發展至「八分」時期，漢字的方塊形象已完全確立，並朝向真書、行書、楷書發展。隸書打破了古文字的字體結構，破壞六書的造字原理，奠定後來楷書的基礎。

隸書的形成，把篆文中原本象形必須描繪的字符，變成由平直線條所構成較簡單的符號，把漢字的發展由「表形文字」推向「表義文字」，大幅提高了書寫的速度，而且由於文字形體固定，改善了古文字形體多樣、偏旁或部件位置的不穩定性，便於一般人的辨識與讀寫。隸書比篆文易於書寫讀識，於是經籍古書的傳寫與流通，也就隨之興盛起來。況且漢人寫經，多以隸書傳寫，能夠辨識隸書，對「訓詁以解經」將極有助益；再者，隸書立於篆楷之間，「挽而上可以識篆所由來，引而下可以見真所從出」，這是研究隸變對了解文字演變的功勞，在漢字發展史上有不容忽視的正面意義。

〔註1〕詳見呂思勉《文字學四種》，藍燈文化事業股份有限公司出版，頁230。
〔註2〕詳見王筠《說文釋例》卷九，頁21。

三、對書法藝術有創新筆法、增加動態美的作用

隸書與篆文的差異，除了形體結構上的變化外，用筆的不同也是一大特徵。篆文用筆紆曲盤旋，勻圓周到，其線條的銜接婉轉而自然渾成，表現出來的書體風格，樸拙而穩重。而隸書改圓轉爲方折，筆畫中透顯著波勢、挑法的變化，「隸書中波磔的出現，說明先民們在實用的基礎上時刻也在注意著美飾，這是甲骨文尤其金文以來『美的意識』傳統的延續。」〔註3〕甲骨文、金文、籀文，以至於六國文字以來，其字體中已出現有裝飾性質的筆畫，或作蟲形、鳥形、葉形等等，不一而足，這是自古以來「美的意識」傳統的延續，但這種多樣化的美感，在秦始皇「書同文」政策，以小篆制式的線條來規範全國文字之後，已破壞殆盡。由於小篆「其注意力放在對空間結構的絕對勻稱的分割，而無力再考慮線條自身的豐富變化，遂導致小篆的運動感的絕對消失——小篆是所有書體最富有『靜態美』的典範，如此的『靜態』幾乎窒息了生命的運動。」〔註4〕

東漢中晚期以後的成熟隸體，由於書寫的日漸熟練，有強調橫向筆畫的波勢者，有強調豎向筆畫的縱長者，更有特別誇張長撇與捺筆的挑勢者，將秦隸、秦篆平直的筆畫加上翻飛的波磔，將隸書發展出富於動態美的風格，使隸體字如飛動、栩栩如生，充滿血肉之美〔註5〕。隸書這種特殊筆法的變化與美飾作用的筆勢特徵，對於書體藝術的發展是一項值得標誌的大突破。

以上三方面是「隸變」對中國文字發展的正面作用。隸變雖然破壞了漢字原來的造字結構，形成古今文字識讀上的斷層，但研究其變化之規律，適足以補平其闕失，這是我們應該給予肯定的。

秦始皇施行「書同文字」政策，利用小篆統一了全國的文字，事實上小篆繁複，只適用於銘之金石的廟謨典誥，不便於一般的行文書寫。而簡易通俗的隸書當時盛行流傳於民間，由於便於書寫，始皇的統一政策，結果是隸書佔上風，統一了文字。

「隸變」對漢字之發展與演變佔著交接傳承的重要地位。秦代承先啓後，

〔註3〕詳見陳振濂《書法學》，江蘇教育出版社發行，頁245。

〔註4〕同注3，頁246。

〔註5〕詳見鄭惠美《漢簡文字的書法研究》，國立故宮博物院印行，頁37。

「它爲篆書時代作了總結，爲隸書開拓了道路」；漢代則是繼往開來，它「普及了隸書，爲漢字以後的發展奠定了基礎」〔註6〕。因此，秦、漢可說是文字傳承的重要時代。漢字的隸化，是我國文字發展演變中一個重大轉捩點，由圓轉的篆文改爲方折的隸體，由表象作用豐富的線條變爲抽象意味濃厚的筆畫。隸書簡約速成，它的盛行反應出人們運用文字「苟趨省易」的自然心態，同時也反應出漢字由繁趨簡的發展規律。

隸書由古文、籀文、篆文發展變化而來，想要了解漢字演變的整體概念，就必須仔細探討篆隸演變的實況，分析由篆至隸的變化規律，有助於了解今文字的初形本義，綴合古、今文字的斷層，以便今人解讀古代典籍。隸書在今文字與古文字之間，著實扮演著溝通橋樑的重要角色。

〔註 6〕詳見王鳳陽《漢字學》，吉林文史出版社發行，頁 139。

參考書目

壹、專著（依書名首字筆畫為序）

1. 《十三經注疏》，阮元，臺北：藝文印書館，1982 年九版。
2. 《十駕齋養新錄》，錢大昕，臺北：商務印書館，1967 年臺一版。
3. 《小學答問》，章太炎，臺北：廣文書局，1970 年初版。
4. 《文字聲韻訓詁筆記》，黃焯，臺北：木鐸出版社，1983 年初版。
5. 《王鳴盛讀書筆記十七種》，王鳴盛，臺北：鼎文書局，1980 年初版。
6. 《六書商榷》，帥鴻勳，臺北：正中書局，1979 年臺二版。
7. 《日知錄》，顧炎武，臺北：文史哲出版社・原抄本，1979 年初版。
8. 《文字析義》，魯實先，自印本，1993 年初版。
9. 《文字學概說》，林尹，臺北：正中書局，1982 年臺八版。
10. 《文字學音篇形義篇》，錢玄同、朱宗萊，臺北：學生書局，1969 年三版。
11. 《文字源流淺說》，康殷，北京：榮寶齋，1979 年初版。
12. 《文字蒙求》，王筠，臺北：藝文印書館，1981 年五版。
13. 《文字學纂要》，蔣伯潛，臺北：正中書局，1987 年臺初版。
14. 《文字學概要》，裘錫圭，臺北：萬卷樓圖書公司，1994 年初版。
15. 《中國古文字學通論》，高明，北京：仰哲出版社，1983 年出版。
16. 《中國文字學史》，胡樸安，臺北：商務印書館，1988 年臺十版。
17. 《中國文字學通論》，謝雲飛，臺北：學生書局，1965 年二版。
18. 《中國聲韻學通論》，林尹，臺北：黎明文化事業公司，1987 年六版。
19. 《中國語言學史》，王力，臺北：駱駝出版社，1987 年初版。
20. 《中國小學史》，胡奇光，上海：上海人民出版社，1987 年初版。
21. 《中國文字學概要・文字形義學》，楊樹達，上海：上海古籍出版社，1988 年初版。
22. 《中國文字結構析論》，王初慶，臺北：文史哲出版社，1989 年四版。

23. 《中國訓詁學史》，胡樸安，臺北：商務印書館，1988 年臺十一版。

24. 《中國文字學》，顧實，臺北：文海出版社，1970 年初版。

25. 《中國文字學》，孫海波，臺北：學海出版社，1979 年初版。

26. 《中國文字構造論》，戴君仁，臺北：世界書局，1979 年臺再版。

27. 《中國文字學》，唐蘭，臺北：洪氏出版社，1980 年初版。

28. 《中國文字學》，容庚，臺北：廣文書局，1980 年四版。

29. 《中國文字學》，龍宇純，自印・再訂本，1982 年三版。

30. 《中國文字學》，潘重規，臺北：東大圖書有限公司，1983 年再版。

31. 《中國文字義符通釋例》，韓耀隆，臺北：文史哲出版社，1987 年初版。

32. 《中國文字叢談》，蘇尚耀，臺北：文史哲出版社，1976 年初版。

33. 《中國字例》，高鴻縉，臺北：三民書局，1984 年。

34. 《中國文字與書法》，李堅持，臺北：木鐸出版社，不著年月。

35. 《中國歷代書體演變》，唐濤，台灣：臺灣省立博物館，1990 年初版。

36. 《中國隸書大字典》，范韌庵等，上海：上海書畫出版社，1993 年二版。

37. 《甲骨文字集釋》，李孝定，臺北：中央研究院歷史語言研究所專刊之五十，1970 年再版。

38. 《四書集註》，朱熹，臺北：世界書局，1982 年二十六版。

39. 《四庫全書總目》，臺北：藝文印書館，1979 年五版。

40. 《古文字類編》，高明，臺北：大通書局，1986 年初版。

41. 《古文字學導論》，唐蘭，臺北：洪氏出版社，1978 年再版。

42. 《古文字學初階》，李學勤，北京：中華書局，1985 年初版。

43. 《古文字學新論》，康殷，臺北：華諾文化事業有限公司，1986 年臺一版。

44. 《古代文字音韻論文集》，趙誠，北京：中華書局，1987 年初版。

45. 《古代漢語》，張世祿，臺北：洪葉文化世業公司，1992 年初版。

46. 《史記會注考證》，日・瀧川龜太郎，臺北：宏葉書局，1987 年再版。

47. 《包山楚簡文字編》，張光裕主編，臺北：藝文印書館，1992 年初版。

48. 《汗簡注釋》，黃錫全，武漢：武漢大學出版社，1990 年初版。

49. 《字樣學研究》，曾榮汾，臺北：學生書局，1988 年初版。

50. 《宋史》，元・脫脫，臺北：鼎文書局，1994 年八版。

51. 《沈兼士學術論文集》，沈兼士，北京：中華書局，1986 年初版。

52. 《金石大字典》，張騫等，臺北：宏業書局，1992 年再版。

53. 《尚書古文疏證》，閻若璩，上海：上海古籍出版社，1987 年初版。

54. 《尚書今古文注疏》，孫星衍，臺北：文津出版社，1987 年初版。

55. 《金文詁林補》，周法高等，臺北：中央研究院歷史語言研究所專刊之七十七，1982 年初版。

56. 《金文詁林附錄》，周法高等，香港：中文大學出版，1977 年初版。

57. 《法書要錄》，唐・張彥遠，文淵閣四庫全書本，商務印書館。

58. 《長沙子彈庫戰國楚帛書研究》，李零，北京：中華書局，1982 年初版。

59. 《直齋書錄解題》，陳振孫，臺北：廣文書局，1979 年再版。

60. 《音略證補》，陳新雄，臺北：文史哲出版社，1980 年增訂三版。

61. 《段玉裁遺書》，段玉裁，臺北：大化書局，1977 年初版。

62. 《荀子集解》，王先謙，臺北：藝文印書館，1977 年四版。

63. 《書法學》，陳振濂，江蘇：教育出版社，1991 年初版。

64. 《書斷》，唐・張懷瓘，文淵閣四庫全書本，商務印書館。

65. 《訓詁學概論》，齊佩瑢，臺北：漢京文化事業公司，1985 年初版。

66. 《訓詁學概要》，林尹，臺北：正中書局，1987 年臺初版。

67. 《修訂轉注釋義》，魯實先，臺北：洙泗出版社，1992 年初版。

68. 《高明小學論叢》，高明，臺北：黎明文化事業公司，1980 年再版。

69. 《現代漢語》，胡裕樹，香港：三聯書店，1992 年初版。

70. 《現代書法論文選》，書畫出版社，上海：書畫出版社，1980 年初版。

71. 《後漢書》，范曄，臺北：鼎文書局，1994 年七版。

72. 《郡齋讀書志》，晁公武，臺北：廣文書局，1979 年再版。

73. 《莊子集釋》，郭慶藩，臺北：華正書局，1987 年 8 月版。

74. 《殷虛書契前編集釋》，葉玉森，臺北：藝文印書館，1966 年初版。

75. 《殷契新詮》，魯實先，《東海學報》一卷一期、三卷一期；《幼獅學報》二卷一期、四卷一、二期；《幼獅學誌》一卷二、三期，師大國文研究所。

76. 《殷虛文字甲編考釋》，屈萬里，臺北：聯經出版事業公司，1984 年初版。

77. 《假借遡源》，魯實先，臺北：文史哲出版社，1973 年初版。

78. 《圈點段注說文解字》，段玉裁，臺北：南嶽出版社，1978 年初版。

79. 《許慎與說文研究論集》，中國訓詁學會，河南：人民出版社，1991 年初版。

80. 《國學略說》，章太炎，高雄：復文圖書出版社，1984 年初版。

81. 《清代名家篆隸大字典》，大通書局，台灣：大通書局，1979 年 11 月出版。

82. 《眞草隸篆四體大字典》，陳和祥，台灣：大通書局，1981 年 10 月出版。

83. 《黃侃論學雜著》，黃侃，上海：上海古籍出版社，1980 年初版。

84. 《詩毛氏傳疏》，陳奐，臺北：學生書局，1967 年初版。

85. 《群經平議》，俞樾，《俞樾箚記五種》上冊，臺北：世界書局，1984 年再版。

86. 《經義述聞》，王引之，江蘇：江蘇古籍出版社，1985 年一版。

87. 《經典釋文》，陸德明，上海：上海古籍出版社，1985 年初版。

88. 《董作賓先生全集乙編》，董作賓，臺北：藝文印書館，1977 年初版。

89. 《楚辭補註》，洪興祖，臺北：藝文印書館，1981年六版。

90. 《說文正補》，魯實先，《說文解字注·附錄》，臺北：黎明文化事業公司，1989年增訂四版。

91. 《說文中之古文考》，商承祚，臺北：學海出版社，1979年初版。

92. 《說文聲訓考》，張建葆，臺北：弘道文化事業有限公司，1974年初版。

93. 《說文假借釋義》，張建葆，臺北：文津出版社，1991年初版。

94. 《說文重文形體考》，許錟輝，臺北：文津出版社，1973年初版。

95. 《說文省形省聲字考》，李國英，臺北：景文書店，1975年初版。

96. 《說文類釋》，李國英，臺北：南嶽出版社，1984年修訂三版。

97. 《說文繫傳》，徐鍇，臺北：中華書局，「四部備要」本，1970年臺二版。

98. 《說文義證》，桂馥，臺北：廣文書局，1972年初版。

99. 《說文解字句讀》，王筠，北京：中華書局，1988年初版。

100. 《說文釋例》，王筠，北京：中華書局，1988年初版。

101. 《說文段註指例》，呂景先，臺北：正中書局，1946年臺初版。

102. 《說文古籀補、補補、三補、疏證》，吳大澂、丁佛言、強運開、應述祖，北京：中國書店《海王邨古籍叢刊》，1990年初版。

103. 《說文解字》，徐鉉，臺北：中華書局，「四部備要」本，1986年臺四版。

104. 《說文解字注箋》，徐灝，臺北：廣文書局，1972年初版。

105. 《說文解字古文釋形考釋》，邱德修，臺北：學生書局，1974年初版。

106. 《說文解字詁林正補合編》，丁福保，臺北：鼎文書局，1994年三版。

107. 《說文解字引經考》，馬宗霍，臺北：學生書局，1971年初版。

108. 《說文解字引群書考》，馬宗霍，臺北：學生書局，1973年初版。

109. 《說文解字引通人說考》，馬宗霍，臺北：學生書局，1973年初版。

110. 《說文解字研究法》，馬敘倫，收入《文字學發凡》，臺北：鼎文書局，1978年再版。

111. 《說文解字六書疏證》，馬敘倫，臺北：鼎文書局，1975年初版。

112. 《說文解字部首講疏》，向夏，臺北：駱駝出版社，不著年月。

113. 《說文解字敘講疏》，向夏，香港：中華書局，1986年重印。

114. 《說字》，王鳴盛，《蛾術編》卷十五～三十六，臺北：中文出版社，1979年初版，頁231～527。

115. 《漢字發展史話》，董琨，臺灣：商務印書館，1993年初版。

116. 《漢字學》，王鳳陽，吉林：文史出版社，1992年二版。

117. 《漢字學》，蔣善國，上海：上海教育出版社，1987年初版。

118. 《漢字形體學》，蔣善國，大陸：人民改革出版社。

119. 《漢字的結構及其流變》，梁東漢，上海：教育出版社，1981年五版。

120. 《漢字史話》，李孝定，臺北：聯經出版事業公司，1977年初版。

121. 《漢字的起源與演變論叢》，李孝定，臺北：聯經出版事業公司，1986 年初版。

122. 《漢字問題學術討論會論文集》，中國社科院，北京：語文出版社，1988 年初版。

123. 《漢隸字源》，宋·婁機，臺北：鼎文書局，1978 年再版。

124. 《漢語音韻學》，董同龢，臺北：文史哲出版社，1985 年八版。

125. 《漢語史稿》，王力，北平：科學出版社，1958 年初版。

126. 《漢書》，班固，臺北：鼎文書局，1991 年七版。

127. 《漢簡文字的書法研究》，鄭惠美，臺北：故宮博物院，1984 年初版。

128. 《夢溪筆談》，沈括，臺北：鼎文書局，1977 年初版。

129. 《段氏文字學》，王仁祿，臺北：藝文印書館，1976 年再版。

130. 《增訂殷虛書契考釋》，羅振玉，臺北：藝文印書館，1981 年四版。

131. 《論語正義》，劉寶楠，臺北：文史哲出版社，1990 年初版。

132. 《篆隸考異》，清·周靖，文淵閣四庫全書本，商務印書館。

133. 《廣韻》，陳彭年等，臺北：黎明文化事業公司，1987 年九版。

134. 《墨子閒詁》，孫詒讓，臺北：華正書局，1987 年初版。

135. 《廣藝舟雙楫疏證》，康有為，臺北：華正書局，1985 年初版。

136. 《潛研堂文集》，錢大昕，上海：上海古籍出版社，1989 年初版。

137. 《積微居小學述林》，楊樹達，臺北：大通書局，1971 年初版。

138. 《積微居甲文說·金文說》，楊樹達，臺北：大通書局，1974 年再版。

139. 《戰國文字通論》，何琳儀，北京：中華書局，1989 年初版。

140. 《錢大昕讀書筆記二十九種》，錢大昕，臺北：鼎文書局，1980 年初版。

141. 《劉申叔先生遺書》，劉師培，臺北：華世出版社，1975 年初版。

142. 《歷代書法字源》，丁載臣，臺北：藍燈文化事業公司，不著年月。

143. 《歷代書法論文選》，華正書局，臺北：華正書局，1984 年初版。

144. 《隸釋》，宋·洪適，文淵閣四庫全書本，商務印書館。

145. 《隸續》，宋·洪適，文淵閣四庫全書本，商務印書館。

146. 《隸辨》，清·顧藹吉，北京：中華書局，1986 年 4 月初版。

147. 《戴東原先生全集》，戴震，臺北：大化書局，1978 年初版。

148. 《韓非子集解》，王先慎，臺北：華正書局，1980 年初版。

149. 《簡牘概述》，林劍鳴，臺北：谷風出版社，1987 年 9 月初版。

150. 《簡牘帛書字典》，陳建貢等，上海：上海書畫出版社，1992 年 7 月二版。

151. 《辭典部首淺說》，蔡師信發，臺北：漢光文化事業公司，1987 年臺三版。

152. 《類篇研究》，孔仲溫，臺北：學生書局，1987 年初版。

153. 《讀書雜志》，王念孫，江蘇：江蘇古籍出版社，1985 年初版。

154. 《觀堂集林》，王國維，臺北：世界書局，1983 年五版。

貳、期刊論文（先列博、碩士論文，再列單篇期刊；兩者亦以筆畫爲先後次序）

一、博、碩士論文

1. 《王安石字說之研究》，黃復山，台灣大學中文所碩士論文，1982 年。
2. 《先秦楚文字研究》，許學仁，師範大學國文所集刊第二十四冊抽印本。
3. 《秦書隸變研究》，謝宗炯，成功大學歷史所碩士論文，1987 年。
4. 《秦簡隸變研究》，黃靜吟，中正大學中文所碩士論文，1993 年。
5. 《漢簡文字研究》，徐富昌，政治大學中文所碩士論文，1984 年。
6. 《睡虎地秦簡文字研究》，洪燕梅，政治大學中文所碩士論文，1983 年。
7. 《戰國文字研究》，林素清，台灣大學中文所博士論文，1984 年。

二、單篇期刊

1. 〈小篆與古隸〉，王壯爲，《中央月刊》第五卷第十一期。
2. 〈中國文字之起源〉，董作賓，《大陸雜誌》第五卷第十期。
3. 〈古文字中的形體訛變〉，張桂光，《古文字研究》第十五輯，1986 年。
4. 〈古文字中的形旁及其形體演變〉，高明，《古文字研究》第四輯，1980 年。
5. 〈古文字發展過程中的內部調整〉，趙誠，《古文字研究》第十輯，1983 年。
6. 〈古代文字之辨證的發展〉，郭沫若，原載於《考古學報》第一期，1972 年，今收錄於《現代書法論文選》，臺北：華正書局，1980 年 6 月。
7. 〈古體漢字義近形旁通用例〉，高明，《中國語文研究》第四期，1982 年。
8. 〈秦代篆書與隸書淺說〉，馬子雲，《北平故宮博物院刊》第四期，1980 年。
9. 〈從出土秦簡帛書看秦漢早期隸書〉，吳白匋，《文物》，1978 年第二期。
10. 〈從馬王堆一號漢墓「遣冊」談關於古隸的一些問題〉，裘錫圭，《考古學報》，1974 年第一期，1974 年。
11. 〈從書法中窺測字體的演變〉，郭紹虞，《現代書法論文選》，上海書畫出版社，1980 年 6 月。
12. 〈略論漢字形體演變的一般規律〉，高明，《考古與文物》，1980 年第二期。
13. 〈漢字形體演變中的類化問題〉，王夢華，《東北師大學報》，1985 年第三期。
14. 〈漢字演變的幾個趨勢〉，李榮，《中國語文》，1981 年第一期。
15. 〈篆隸摭談〉，曹緯初，《文史學報》第八期，1979 年 6 月。
16. 〈篆隸初階〉，石叔明，《故宮文物月刊》四卷七期，1986 年 10 月。
17. 〈談戰國文字的簡化現象〉，林素清，《大陸雜誌》七十二卷五期，1986 年 5 月。
18. 〈隸分概述（上、下）〉，王壯爲，《暢流》半月刊，第四十卷第二、三期。
19. 〈隸書八分〉，王壯爲，《中央月刊》第五卷第十二期。
20. 〈關於古代字體的一些問題〉，啓功，《文物》，1962 年第六期。